Alles BDSM

Versteigerung

Erika Sanders

Alles BDSM
Versteigerung

Erika Sanders
Reihe
Alles BDSM 1

Zusammenfassung

Es besteht aus folgenden Romanen:
Sklavin
Die Muslimische Ehefrau
Club-BDSM

Alles BDSM ist eine Romanreihe mit starkem erotischem BDSM-Gehalt und gehört wiederum zur Sammlung **Erotic Domination and Submission**, eine Romanreihe mit hohem romantischem und erotischem BDSM-Gehalt.

(Alle Charaktere sind 18 Jahre oder älter)

Hinweis zum Autorin:

Erika Sanders ist eine international bekannte Schriftstellerin, übersetzt in mehr als zwanzig Sprachen, die ihre erotischsten Schriften abseits ihrer üblichen Prosa mit ihrem Mädchennamen signiert.

Index:

ALLES BDSM VERSTEIGERUNG
ERIKA SANDERS

SKLAVIN

9

Prolog:

Eine unterwürfige Ehefrau zu sein, hat seine Höhen und Tiefen.

Der schwierige Teil war die zusätzliche Verantwortung. Kelly war eine starke, geschäftstüchtige Frau. Sie arbeitete den ganzen Tag hart als Büroleiterin. Nachts oder am Wochenende musste sie noch arbeiten. Eine andere Art von Arbeit. Sie war ihrem Ehemann gegenüber sexuell unterwürfig und erfüllte alle seine Bedürfnisse. Es war eine Rolle, die sie bereitwillig annahm.

Das Gute war das Gefühl, das es ihr gab. Sie liebte es, ihrem Mann zu gefallen. Es gab Kelly Trost, ihm unterwürfig zu sein, weil er wusste, wie man sie richtig und mit großem Respekt behandelte. Kelly fühlte sich sicher, in seiner Knechtschaft zu sein. An seinen Seilen gefesselt. Und dann waren da noch die Orgasmen. Die schönen Orgasmen. Das war das Beste daran, eine unterwürfige Ehefrau zu sein. Alle Orgasmen, die sie sich nur wünschen konnte.

Es gab ihrer Ehe einen dringend benötigten Ruck, wann immer es möglich war. Nach mehreren Jahren Ehe war jede Möglichkeit, ihr Liebesleben aufzupeppen, immer eine gute Sache.

Als sie sich von ihrer Bürokleidung entkleidete, trug sie ein weiches Paar Seidenstrümpfe, ein weißes Paar BH und Höschen und ein durchsichtiges Negligé.

Es war nichts, was sie oft trug. Und sie musste sich im Haus nicht so kleiden. Es war etwas, das sie sich für diesen besonderen Abend ausgesucht hatte, der etwas ganz Besonderes war.

Richard kam gegen 18 Uhr nach Hause. Dank einer großen Fusion, an der seine Firma gearbeitet hatte, hatte er etwas später als sonst gearbeitet.

„Du siehst fantastisch aus", sagte er, als er seine Frau sah.

Kelly war in ihrem sexy kleinen Outfit in der Küche und bereitete ein hausgemachtes Abendessen vor. Im Esszimmer stand eine Reihe von Kerzen, die aber noch nicht angezündet worden waren.

„Ich dachte, ich würde etwas Besonderes machen, denn heute ist ein ziemlich besonderer Tag für uns", sagte sie.

"Denkst du, ich hätte es vergessen?"

Ihre Augenbraue hob sich. "Hast du?"

"Unser 10-jähriges Jubiläum."

Sie lächelte. "Du hast dich erinnert."

„Das habe ich. Und ich habe dir auch etwas mitgebracht. Eine nette kleine Überraschung."

Er nahm etwas aus seiner Tasche und hielt es hoch, um es seiner Frau zu zeigen. Aus der kurzen Entfernung konnte Kelly nicht erkennen, was es war, aber es sah aus wie eine Schlüsselkarte oder so etwas.

Kelly schärfte ihre Augen und stemmte ihre Hände in die Hüften. "Nun, wirst du mir sagen, was es ist, oder muss ich raten?"

Er steckte es wieder in seine Tasche. „Ich kann Ihnen noch nicht alle Details nennen. Aber ich weiß, dass Sie davon begeistert sein werden."

"Irgendwelche Hinweise?"

"Was willst du?" fragte Richard. "Was möchtest du, dass mit dir passiert? Würdest du dich für eine andere Frau interessieren?"

Sie warf ihm einen skeptischen Blick zu. "Ist das wieder eines deiner Spiele?"

"Ich meine es absolut ernst. Würdest du mit einer anderen Frau zusammen sein, wenn du die Gelegenheit hättest?"

Sie hielt inne. „Es ist etwas, wofür ich mich schon eine Weile interessiere.

„Dann machen wir das heute Abend", sagte er. „Ich möchte, dass unser 10. Jahrestag unvergesslich wird. Ich meine es ernst, heute Abend wird etwas Besonderes und anders als alles, was wir je zuvor getan haben."

Sie blinzelte ihn an. "Du meinst es ernst, nicht wahr?"

„Ich habe uns Tickets für eine sehr einzigartige Veranstaltung besorgt. Wir waren noch nie dort, aber ich habe viele tolle Dinge darüber von Leuten gehört, denen ich vertraue."

"Klingt aufregend."

" Natürlich ist es aufregend. Alles, was du dir wünschst, wird wahr, sexuell gesehen. Denke, was soll passieren? Wie soll deine erste lesbische Erfahrung sein?"

Kelly nutzte ihre lebhafte Vorstellungskraft. „Ich hätte gerne, dass Bondage in irgendeiner Weise involviert ist. Vielleicht bin ich gefesselt und sie kommt rüber und leckt mich. So stelle ich mir mein erstes Mal vor."

„Wie soll sie aussehen? Irgendwelche Vorlieben? Du kannst haben, was du willst."

„Es spielt keine Rolle. Hauptsache , sie ist süß. Vorzugsweise keine Lesbe. Ich hätte gerne das gleiche Erfahrungsniveau wie sie, damit wir es irgendwie gemeinsam erkunden können. Ich denke, das wäre mein ideales Szenario. "

"Du kannst dir die Frau aussuchen, die du willst."

"Ich kann?" Sie fragte.

„Du wählst aus, und sie wird dir gehören.

Beide Augenbrauen von Kelly hoben sich. "Oh mein."

"Wie würdest du dich fühlen, wenn ich sie ficken würde?"

Sie warf einen spielerisch scharfen Blick zu. "Suchen Sie nach einer Entschuldigung zum Schummeln?"

"Technisch gesehen würdest du auch betrügen, da sie deine Muschi lecken und dich zum Abspritzen bringen würde."

„ Berühre ", lächelte sie.

"Also, wie würdest du dich dabei fühlen?"

Kelly und Richard gaben sich spielerische Gesichtsausdrücke. Sie waren immer total ehrlich zueinander. Und sie waren lange genug verheiratet, um die Gedanken des anderen zu kennen.

„Jetzt, wo du es erwähnst, es klingt ziemlich heiß. Einen Dreier zu haben ist etwas, woran ich nicht oft denke. Aber es kommt mir bei bestimmten Gelegenheiten hier und da in den Sinn."

„Stell dir vor, du wärst ans Bett gefesselt, diese andere Frau leckt deine Muschi, dann würde ich sie ficken. Schön hart. Vielleicht kannst du sie hinterher mit deinem Mund sauber machen. Verlockend, nicht wahr?"

„Gott, das klingt alles so abartig", sagte sie mit einem leicht nervösen Unterton in ihrer Stimme.

„Aber macht es dich nass? Das ist die große Frage."

"Sicher, nehme ich an. Mein erster lesbischer Orgasmus gefolgt von einem Dreier. Das reicht aus, um jede Frau feucht zu machen."

"Dann ist es erledigt. Wir machen es."

Kelly hob eine Augenbraue. „Wenn du so weiter redest, wirst du mich dazu bringen, über den ganzen Boden zu tropfen und ich habe eine echte Sauerei zu putzen."

"Das heißt, ich mache etwas richtig."

"Du machst immer."

Richard lächelte: „Zu unserem 10-jährigen Jubiläum werden deine Träume wahr. Das wird eine tolle Nacht. Komm schon, zieh ein schönes Kleid an. Ich lade dich zu einem netten romantischen Abendessen ein. Danach nehme ich Sie an einem besonderen Ort. Ein Ort, an dem wir noch nie zuvor waren.

"Du hast mir immer noch nicht gesagt, wohin wir gehen."

„Das erfährst du, wenn wir da sind", erwiderte Richard. "Ich verspreche dir, du wirst zufrieden sein. Jetzt zieh dich an."

„Ich habe das perfekte schwarze Kleid für heute Abend", sagte Kelly. "Es ist neu. Ich wollte es unbedingt tragen."

"Nach dem Abendessen wirst du es nicht mehr lange tragen."

"Ich liebe dich Richard. Die letzten 10 Jahre meines Lebens waren ein großes Abenteuer, das weißt du , oder?"

„Ich liebe dich auch", antwortete er. "Und das Abenteuer fängt gerade erst an."

Auf Kellys Gesicht lag ein verspielter Ausdruck. Sie wusste, dass sie ihrem Mann vertrauen konnte. Er hat immer die richtigen Entscheidungen für sie getroffen. Aber die Geheimhaltung erregte ihre Aufmerksamkeit. Richard war nie eine verschwiegene Person. Aber heute Abend war es anders.

Kelly räumte die Töpfe und Pfannen weg und stellte das Essen zurück in den Kühlschrank, während sie noch ihr knappes Outfit trug. Sie war neugierig auf die Überraschung ihres Mannes zu ihrem 10. Hochzeitstag. Was auch immer es war, es muss gut gewesen sein.

Sie hatte jedoch keine Ahnung, wie gut die Dinge werden würden. Es war das perfekte Jubiläumsgeschenk, das ihr Sexualleben auf eine ganz neue Ebene heben würde.

Die Sklavin

Erika wartete allein im Zimmer.

Es war eine Art Büro. Eine Art Bibliothek. Überall an den Wänden hingen Bücher. Und es gab einen großen hölzernen Schreibtisch. Vor dem Schreibtisch stand ein Stuhl, auf dem Erika später sitzen konnte. Ihr gegenüber stand auch ein Videorecorder auf einem Stativ. Momentan war es ausgeschaltet .

Das Zimmer war ein Ort der Eleganz und Raffinesse.

Sie war nur dort, weil ein enger Freund diese bestimmte Organisation empfohlen hatte . Ihr wurde gesagt, dass alles professionell läuft, und bisher schien das der Fall zu sein. Alles wurde korporativ gehandhabt.

Die Tür öffnete sich und die Madame trat ein. Sie war groß, üppig und trug ein elegantes Kleid. Sie hatte ein kraftvolles Auftreten, was von einer prominenten Madame zu erwarten war.

Erika stand.

„Danke fürs Warten", sagte die Madame.

Sie gaben sich die Hand.

"Keine Sorge. Ich verstehe, dass Sie eine vielbeschäftigte Frau sind."

„Ich bin immer beschäftigt, aber ich liebe, was ich tue."

"Ich kann sehen, dass."

"Hast du alles nach deinem Geschmack gefunden?" fragte die Madame. "Ich hoffe, meine Mitarbeiter waren Ihnen behilflich."

"Ja, sehr gerne, danke."

„Großartig. Wenn es Ihnen nichts ausmacht, würde ich jetzt gerne mit der Aufzeichnung dieser Interviewsitzung beginnen", sagte die Madame. "Ich habe einen engen Zeitplan. Bitte nehmen Sie Platz."

Erika setzte sich, während die Madame den Videorekorder aktivierte. Dann setzte sich die Madame hinter den Schreibtisch und machte es sich bequem, während die beiden Frauen einander ansahen.

„Wir werden jetzt mit dem Interview beginnen", sagte die Madame.

Erika nickte nervös. "In Ordnung."

„Ich habe bereits Ihren Lebenslauf und Ihre Krankenakte überprüft. Alles sieht akzeptabel aus. Dies ist die letzte Phase Ihres Vorsprechens.

"Ich verstehe."

"Geben Sie Ihren Namen für die Kamera an", befahl die Madame.

"Erika Sanders."

"Das Alter?"

" 28."

"Familienstand?"

"Verheiratet."

"Beruf?"

„Ich bin Rechtsanwaltsfachangestellte", antwortete Erika. „Ich helfe Anwälten bei der Vorbereitung von Fällen, bei Interviews mit Mandanten, Recherchen und solchen Dingen."

"Wie würden Sie Ihr Aussehen beschreiben?"

Erika dachte kurz nach. "Ich habe schulterlanges Haar. Leicht gewellt. Kastanienbraune Farbe, die irgendwie bräunlich ist. Durchschnittlicher Körperbau. Mir wurde gesagt, dass ich attraktiv bin."

"Sind Sie einverstanden?" fragte die Madame.

"Wenn die Leute das denken, dann ist das ihre Meinung."

„Ich frage Sie nach Ihrer Meinung. Stimmen Sie zu, dass Sie attraktiv sind?"

„Ich denke, das bin ich. Ich bin definitiv kein attraktives Supermodel, aber ich bin mit meinem Aussehen einverstanden."

"Was ist dein bestes Gesichtsmerkmal?"

„Wahrscheinlich meine Augen. Sie sind dunkelblau. Ich mag sie."

„Da muss ich zustimmen", bemerkte die Madame. „Durchdringende blaue Augen. Eine süße Nase. Und hübsche Lippen. Du hast ein sehr hübsches Gesicht."

"Danke schön."

"Und dein Körper? Wie würdest du deinen Körper beschreiben?"

„Meine Proportionen sind ziemlich durchschnittlich. Ich bleibe in Form, indem ich am Wochenende laufe und an Wochentagen Yoga mache."

"Wie würdest du deine Brüste beschreiben?"

Erika dachte kurz nach. "Es sind kleine Handvoll. Fest. Leicht nach oben gebogen. Sie sind wie Birnen geformt. Meine Warzenhöfe sind hellrosa. Ich habe rosa Brustwarzen, die hervorstehen."

"Sind deine Brustwarzen empfindlich?"

"Sehr."

"Spielst du beim Masturbieren mit deinen Nippeln?"

„Manchmal", gab Erika zu.

„Und deine Beine und dein Hintern? Wie würdest du sie beschreiben?"

„Durchtrainiert", erwiderte Erika mit einem Anflug von Stolz in der Stimme. "Das kommt von all dem Sport, den ich in meiner Freizeit mache."

„Erzählen Sie mir jetzt von Ihren sexuellen Erfahrungen. Hatten Sie viele Partner?"

„Nicht wirklich", erwiderte Erika. „Weniger als 7, in meinem ganzen Leben. Ich bin eher ein Beziehungstyp als jemand, der herumläuft und nach One-Night- Stands sucht."

Die Madame lächelte: "Und doch sind Sie hier, Sie sind abenteuerlustig."

„Ich weiß", Erika wurde rot.

"Würden Sie sich selbst als sexuell abenteuerlustig bezeichnen?"

"Nicht genau."

"Was führt dich dann hierher?"

„Die Erfahrung", antwortete Erika. "Ich möchte etwas Neues erleben, nur für mich. Es ist schwer zu erklären, aber ich möchte meine Sexualität erforschen, während ich noch jung bin. Das hört ihr sicher oft."

„Die ganze Zeit", stimmte die Madame zu. „Also, magst du es, mit neuen Dingen zu experimentieren?"

„Sicher, manchmal. Wer nicht?"

"Magst du es, mit Anal zu experimentieren?"

„Ich habe es mit einigen meiner früheren Partner gemacht. Nicht immer, aber ab und zu macht es Spaß."

"Dreier?" fragte die Madame.

"Nein."

"Wären Sie offen für die Möglichkeit?"

„Ich wäre offen dafür. Es würde mir nichts ausmachen, wenn es mit den richtigen Leuten wäre. Besonders wenn ich , du weißt schon, der Unterwürfige der Gruppe wäre. Ich wüsste nicht, was ich sonst tun sollte."

"Wie wäre es mit Knechtschaft?"

„Ich habe Erfahrung mit leichtem Bondage. Nichts Extremes oder Hardcore. Nur hausgemachtes Zeug, mit Dingen rund ums Haus, solche Sachen. Auch nichts Schmerzhaftes."

„War deine Bondage-Erfahrung erfüllend?"

„Es war okay", antwortete Erika wahrheitsgemäß. „Ich bin nicht sehr erfahren damit. Meine früheren Partner waren es auch nicht. Es war eine Art Herumspielen mit einer lustigen kleinen Fantasie."

"Bondage ist eine Kunst. Nicht viele Leute sind gut darin."

"Ich stimme zu."

"Was ist mit lesbischen Begegnungen", fragte die Madame. "Warst du schon einmal mit einer Frau zusammen?"

"Ich hatte ein paar lesbische Erfahrungen im College mit einer Mitbewohnerin. Seitdem nichts mehr."

"Hat es dir Spaß gemacht? Denkst du immer noch daran?"

Erika lächelte, "Ja und ja."

"Glaubst du, du bist gut darin, Muschis zu essen?"

"Mir wurde gesagt, dass ich es bin."

„Alles in allem denke ich, dass Sie großartig zu Paaren passen würden. Sie haben so einen natürlichen Funken an sich, Sie sind neugierig, aufgeschlossen und Sie schwingen bei Bedarf in beide Richtungen."

„Ich habe noch nie daran gedacht, mit einem Paar zusammen zu sein", antwortete Erika. „Aber es klingt machbar. Ich denke, ich bin dazu bereit."

Die Madame nickte. „Du bist eine sehr attraktive Frau, Erika, mit einer wunderbaren Persönlichkeit. Wir freuen uns, dich hier zu haben."

"Danke schön."

„Das führt uns nun zu den letzten drei Fragen. Die wichtigsten Fragen. Erstens, wie unterwürfig bist du? Erzähl mir von deiner unterwürfigen Seite."

Erika sammelte ihre Gedanken. „Seit ich ein sexueller Mensch geworden bin, wusste ich, dass ich unterwürfig bin. Vielleicht habe ich es nicht sofort verstanden, aber ich wusste, was ich mag. Ich genieße es, im Schlafzimmer kontrolliert und ‚genommen' zu werden."

"Wieso den?"

"Es gibt eine Freiheit im Loslassen. Wenn mir gesagt wird, was ich tun soll, oder wenn ich gebunden bin, geht alle Kontrolle verloren. Für mich liegt darin eine Freiheit. Alles liegt nicht in meiner Hand. Ich fühle mich sicher und warm. Und ich liebe das Gefühl, im Mittelpunkt sexueller Aufmerksamkeit zu stehen. Mein Körper wird von meinem Partner verehrt und benutzt."

Es lag eine sexuelle Spannung in der Luft. Es war pure Emotion. Erika ließ während des aufgezeichneten Interviews los. Und die Madame genoss jede Sekunde, Erikas verletzliche Seite zu sehen.

„Jetzt die zweite Frage", sagte die Madame. "Bist du bereit, ein Sklave zu werden?"

"Ich bin."

"Wieso den?"

"Ich nehme Befehle gut an. Ich genieße es, wenn man mir sagt, was ich zu tun habe und wie es zu tun ist. Selbst bei meiner Arbeit bin ich sehr pünktlich bei allen Anweisungen meines Chefs. Ich kann mit leichten Schmerzen umgehen. Solange es nicht zu schmerzhaft ist , ich werde es genießen. Es gehört alles dazu, eine gute Unterwürfige zu sein, richtig?"

„Sie haben recht", stimmte die Madame zu. "Nun zur dritten und letzten Frage. Warum willst du für eine Nacht versteigert werden?"

„Es ist die ultimative unterwürfige Fantasie. Weißt du, gut auszusehen, bewundert zu werden und dann von einem völlig Fremden gekauft zu werden. Ich liebe die Vorstellung, von jemandem sexuell benutzt zu werden, den ich noch nie getroffen habe. Es ist sehr tabu."

"Glaubst du, du kannst mit dem Druck umgehen?"

„Ich denke schon", erwiderte Erika.

"Woher weißt du das?"

„Weil ich denke, dass ich davon abkomme. Es ist schwer zu erklären. Aber ich weiß, dass ich es genießen werde. Ich werde definitiv nervös sein, aber ich könnte damit umgehen."

Die Madame lächelte und stand gnädig auf. Sie nahm den Videorecorder vom Stativ und hielt ihn in der Hand. Dann ging sie auf Erika zu und stellte sich vor sie.

„Wir sind fertig mit den Fragen", sagte die Madame und richtete die Kamera auf Erika. "Der letzte Teil des Prozesses besteht darin, zu sehen, ob Sie unter Druck tatsächlich Leistung bringen können."

"In Ordnung."

Während sie die Kamera immer noch nach unten richtete, hob die Madame den unteren Teil ihres Kleides und legte ihre nackte Vagina frei.

„Nun treten Sie vor der Kamera auf", sagte die Madame. "Beeindrucke mich."

Ohne zu zögern beugte sich Erika vor und presste ihre Lippen auf die nackte Haut der Madame.

*****

Das Training war eine sehr informelle Sache.

Wenn Erika Freizeit hatte, besuchte sie die Madame am selben Ort, an dem sie das Interview geführt hatte.

Dort wurde sie in der Kunst geschult, eine richtige gehorsame Sklavin zu sein.

„Sie müssen noch viel lernen", sagte die Madame. „Glücklicherweise bist du eine von Natur aus begabte Unterwürfige. Es wird einfach sein, dich zu trainieren."

Und die Madame hatte recht.

Erika war ein Naturtalent. Sie wurde in der Kunst des guten unterwürfigen Verhaltens und der richtigen Manieren gepflegt. Ihr wurden die Feinheiten des Oralsex beigebracht. Und ihr wurde beigebracht, wie man sich entspannt, wenn man gefesselt ist.

Als Erika ihrem normalen Leben nachging, hatte sie die Auktion immer im Hinterkopf. Wenn sie als Rechtsanwaltsfachangestellte arbeitete, Zeit mit ihrem Mann, ihrer Mutter und ihren Schwestern verbrachte oder mit ihren Freunden in Cafés ging, musste sie über die Entscheidung nachdenken , die sie getroffen hatte.

Ein Teil von ihr fühlte, dass sie verrückt war, so etwas zu tun. Ein anderer Teil von ihr wusste, dass es genau das war, was sie wollte. Schließlich führte die Madame einen hochprofessionellen Betrieb und alles war sicher.

Aber wenn sie es nicht tat, wusste sie, dass sie es immer bereuen würde.

Erika war in der Blüte ihres Lebens. Sie war eine erwachsene Frau. Und sie hatte sich entschieden , eine Entscheidung zu treffen , die sie für immer beeinflussen würde.

Die Auktion

Es war die Nacht der großen Auktion.

Sie saß in einem kleinen privaten Raum, während ein Maskenbildner ihr Aussehen korrigierte. Es war ein kurzer Prozess, und als er fertig war, öffnete Erika ihre Augen, um zu sehen, dass sie wie eine Hollywood-Schauspielerin bereit für eine große Premiere war. Perfekt in jeder Hinsicht. Auch ihre Haare waren schön frisiert.

Die Visagistin verließ das Zimmer und Erika stand vor einem kleinen Kleiderschrank und überlegte, was sie anziehen sollte.

Nach kurzer Überlegung entschied sie sich für ein durchsichtiges Paar aus schwarzem BH und Höschen. Sie trug das winzige Outfit und betrachtete sich im Spiegel. Als nächstes kamen die High Heels an ihren Füßen, und sie betrachtete sich noch einmal.

Erika konnte ihr Spiegelbild kaum erkennen.

Vorbei war der gelernte Rechtsanwaltsfachangestellte. Verschwunden war das Mädchen von nebenan. Vorbei war die richtige junge Frau.

Da stand Erika, die Sklavin, komplett mit glamourösem Make-up, gut frisierten Haaren und einem BH, der dünn genug war, um die Farbe ihrer Brustwarzen zu zeigen.

Als sie ihr Spiegelbild betrachtete, fragte sie sich, wer ihr Käufer sein würde. Soll es ein Mann sein? Eine Frau vielleicht? Wäre die Person sanft oder grob?

Gott, sie hoffte, dass die Person sanft sein würde. Erika war eine Frau, die es mochte, wenn ihre Unterwerfung mit Liebe und Fürsorge behandelt wurde. Sie war eine liebevolle Submissive. Das war die Art, die sie mochte. Sie wollte eine nachdenkliche Dominante. Auf jeden Fall war sie bereit, das Ergebnis zu akzeptieren. Sie war eine erwachsene Frau, die sich entschieden hatte, dort zu sein.

Schließlich war es ihre große Fantasie.

Da war ein Klopfen an der Tür.

„Komm rein", sagte Erika.

Die Tür öffnete sich und die Madame trat ein, sie trug ein wunderschönes langes rotes Kleid. Auch ihr Make-up war gut gelungen. Die Augen der Madame blickten die Unterwürfige auf und ab, zufrieden mit dem, was sie sah.

„Herrlich wie immer", lobte die Madame und schloss die Tür.

"Danke schön."

Die Madame hielt ein schwarzes Halsband, und Erika wusste sofort, wofür es war. Aber die Madame sprach nicht über den Kragen, zumindest noch nicht.

"Wie fühlen Sie sich?" fragte die Madame. "Überhaupt nervös?"

"Ein bisschen. Teilweise aufgeregt."

"Ich kann Ihnen versichern, das ist ein ganz normales Gefühl für eine Frau in Ihrer Position. Es ist vollkommen gesund."

" Nun , ich bin froh, es zu hören."

"Sie werden es gut machen", versicherte die Madame. „Mental bist du am richtigen Ort. Und wir haben so viele tolle Leute, die heute Nacht einen Sklaven kaufen wollen. Du wirst in guten Händen sein."

Erika lächelte: "Das freut mich sehr zu hören."

"Was ist deine größte Hoffnung für die Nacht?"

„Dass der anonyme Fremde mich an meine Grenzen treibt. Ich würde es gerne erkunden. Ich meine, das ist der Zweck von all dem, oder?"

Die Madame nickte und lächelte leicht. "Ja, das ist es . Und ich kann Ihnen versprechen, dass Ihr Wunsch, gedrängt zu werden, erfüllt wird. Sie sehen, die Kunden, die hierher kommen, um Sklaven zu kaufen, sind sehr erfahren. Sie wissen genau, was sie tun. So wird Ihre unterwürfige Seite sein zufrieden, wenn die Nacht vorbei ist."

"Du machst mich noch nervöser, aber auf eine gute Art."

„Seien Sie nicht nervös", erwiderte die Madame gnädig. "Nun sag mir, was ist deine größte Angst?"

„Dass, wer auch immer mich kauft, unfreundlich sein wird. Weißt du , so etwas. Ich mag keine Schmerzen, jedenfalls nicht die schlimmen."

Die Madame lächelte: „Ich kann Ihnen versichern, dass das nicht passieren wird. Alle unsere Mitglieder und Kunden werden Sie mit größter Sorgfalt behandeln."

„Das habe ich gehört. Und das ist einer der Gründe, warum ich mich entschieden habe, hier ein Sklave zu werden."

„Apropos, es ist fast soweit. Sie können hier warten, wenn Sie möchten, oder hinter der Bühne. Meine Assistenten werden Sie zur Bühne führen, wenn Sie an der Reihe sind."

Erika holte tief Luft. "Die Schmetterlinge in meinem Bauch. Meine Güte. Ich bin nervös. Aber ich bin bereit."

Die Madame rieb die Schultern des abgerichteten Sklaven. Es geschah auf mütterliche und zärtliche Weise.

"Du bist eine starke Frau. Du schaffst das."

"Ich weiß, dass ich es kann. Ich bin eigentlich sehr aufgeregt."

„Ausgezeichnet", lächelte die Madame. "Nun, eine letzte Sache."

Die Madame hielt mit dem Finger ein schwarzes Halsband hoch und drehte es spielerisch herum. Erika wusste genau, was zu tun war, und sie hob ihre Haare, sodass ihr Nacken frei lag.

Die Madame legte das Halsband um Erikas Hals, während sie sich vor den Spiegel stellten. Es war ein Kragen mit den silbernen Buchstaben SLAVE auf dem vorderen Teil des Halses.

Erika hielt weiterhin ihr Haar hoch, während sie ihr Spiegelbild betrachtete, während die Madame eine Leine hinten am Halsband befestigte.

Und alles war komplett. Erika war in voller Sklavenkleidung, bereit, an den Meistbietenden versteigert zu werden.

„Sie sehen umwerfend aus", flüsterte die Madame ihr ins Ohr. „Ich bin ein bisschen traurig, dass ich dich heute Nacht nicht beim Ficken sehen kann. Aber ich weiß, dass es eine unglaubliche Erfahrung für dich sein wird. Die Auktion beginnt bald."

Die Madame gab dem Sklaven einen Kuss auf die Wange und verließ dann das Zimmer.

***

Die meisten Menschen haben eine Vorstellung davon, wie eine Auktion aussieht. Wenn die Leute an Auktionen denken, denken sie an einen Typen, der schnell auf der Bühne spricht, und an Teilnehmer, die ihre Hände heben, um Gebote für den zum Verkauf stehenden Artikel abzugeben.

Das war ähnlich. Aber auch ganz anders.

Erika stand in ihren winzigen durchsichtigen Kleidern und ihrem schwarzen Kragen hinter der Bühne und hörte zu, wie die Madame die Auktion leitete.

Jeder Sklave wurde mit Sorgfalt verkauft und behandelt, als wäre er wertvoller Besitz, als wären sie die größten Schätze der Welt. Zuzuhören, wie die Auktion durchgeführt wurde, ließ ihr Herz höher schlagen und ihre Muschi feucht werden.

Endlich war sie an der Reihe.

„Meine Damen und Herren", sagte die Madame zum Publikum. "Als nächstes haben wir ein ganz besonderes Leckerli. Sie ist neu in der Sklavenerfahrung. Aber sie ist auch sehr gut vorbereitet. Bitte willkommen, die schöne Erika."

Das kleine Publikum applaudierte leicht, als Erika immer noch hinter der Bühne war. Zwei leicht bekleidete Frauen näherten sich Erika und nahmen sie an der Leine. Die Frauen sagten kein Wort.

Erika wurde in die Mitte der Bühne geführt. Als Erika in der Mitte der Bühne im Scheinwerferlicht stand, standen die Frauen neben ihr, zusammen mit der Madame, die in ein Mikrofon sprach.

Obwohl sie ihr Bestes gab, um eine angemessene damenhafte Gelassenheit zu bewahren, hämmerte ihr Herz wie wild. Es war ein dunkler Raum. Aber sie sah die Menge schwach. Es müssen mindestens 50 Personen dort gewesen sein. Sie konnte erkennen, dass sie alle extravagant gekleidet waren.

Die Männer trugen schöne Anzüge. Die wenigen Frauen im Raum trugen schicke Kleider. Es war eine noble Angelegenheit, und sie waren alle wegen Sex da.

„Das ist die schöne Erika", sagte die Madame. „Tagsüber ist sie eine professionelle Karrierefrau, die als Rechtsassistentin arbeitet. Ihre Fantasie ist es jedoch, wie die gute Sklavin behandelt zu werden, für die sie geboren wurde. Sie ist in jeder Hinsicht unterwürfig. Und glauben Sie mir, das habe ich habe das selbst herausgefunden."

Die Madame schnippte mit den Fingern und die Frauen auf der Bühne entfernten Erikas BH und ließen ihre Brüste frei. Dann zogen die Frauen Erikas Höschen herunter.

Oh Gott, Erika spürte, wie ihre Muschi zuckte. Sie war die einzige nackte Person in dem Raum voller gut gekleideter Menschen. Alle Augen waren auf sie gerichtet. Das helle Scheinwerferlicht war auf ihren nackten Körper gerichtet.

Die Madame fuhr fort. "Wie Sie sehen können, ist sie körperlich perfekt. Als 28-jährige Yoga-Praktizierende ist sie in der Blüte ihres Lebens. Brüste geformt wie reife Birnen. Hervorstehende rosa Brustwarzen, die empfindlich sind und zum Saugen gemacht sind. Durchtrainierte Arme, die waren gemacht, um gepackt zu werden, während sie genommen wird. Ein flexibler Körper, gemacht, um in jede Form gebogen zu werden, während sie geschändet wird. Ein Mund, der gemacht wurde, um zu saugen. Ein Hintern, gemacht für Analsex. Und eine Muschi, die gemacht wurde, um zu ertragen."

Die Augen im Raum starrten auf Erikas nackten Körper.

Die Madame fuhr fort: „Die Sklavin, die Sie sehen, beherrscht die Kunst des Oralsex sehr gut. Besonders in der Kunst der weiblichen Befriedigung. Das kann ich Ihnen aus erster Hand sagen. Sie kennt sich auch mit männlicher Befriedigung aus perfekt für verheiratete Paare."

Erika stand still und ihre Augen überblickten den Raum. Obwohl der Raum dunkel war, konnte sie immer noch die schwachen Gesichtsausdrücke der Menschen im Raum sehen, sah, wie sie bei dem Gedanken, sie in die Hände zu bekommen, sabberten.

Die Madame fuhr fort: „Obwohl sie leichte Fesselungen genießt, ist sie ein zartes Kätzchen und muss mit äußerster Freundlichkeit und Respekt behandelt werden. Sie ist immerhin ein ganz besonderes Mädchen."

Tief im Inneren war es alles, was Erika sich erhofft hatte. Es war weitaus beängstigender als erwartet, aber sie bekam den seltsamen Exhibitionismus, den sie an diesem Abend gesucht hatte.

„Das Startgebot beträgt 5.000 Dollar für diesen Sklaven", sagte die Madame.

Plötzlich wurde das Licht im Zimmer ein wenig heller und es war nicht mehr so dunkel. Erika hatte eine bessere Sicht auf das Publikum, was sie nur noch nervöser machte. Sie konnte die Gesichter der Menschen im Raum sehen. Es war viel beängstigender. Und es war auch viel erregender.

Als die Gebote eingingen, konnte Erika kaum etwas hören. Ihre Gedanken drehten sich. Es war ein riesiger Ansturm. Sie konnte kaum hören, aber sie konnte sehen, wie sich die Hände in Zeitlupe hoben, als die Leute im Raum ihre Gebote für Erikas Körper und sexuelle Dienste abgaben.

Erika wurde aus der Trance gerissen, als sie die folgenden Worte hörte.

"Verkauft! An Gast Nummer 38 für 15.000 Dollar."

Das war der Moment, in dem Erika in die Realität zurückkehrte.

***

Als die Auktion vorbei war, standen die Sklaven gehorsam in einer geordneten Reihe, gekleidet in ihre kleinen Outfits, hinter der Bühne.

Sie waren alle mit Halsbändern versehen und bereit, zu ihren neuen Besitzern geschickt zu werden.

Erika genoss das Gefühl, verkauft zu werden. Sie wollte ihren neuen Herrn kennenlernen. Es war aufregend. Sie hoffte, er würde ein netter Kerl sein. Sie wünschte sich von ganzem Herzen, dass es ein unvergessliches Erlebnis werden würde. Sie fragte sich, was für Fetische ihr neuer Besitzer hatte. Vielleicht wollte er nur ficken? Daran ist nichts auszusetzen.

Es war alles Teil der Erfahrung, verkauft zu werden. Die Neugier ließ ihren Verstand kreisen und ihre Muschi feucht werden.

Die Madame kam und gratulierte allen Sklaven persönlich. Dann versicherte sie ihnen, dass die Nacht erst anfing.

Sie reichte jedem Sklaven ein Stück Papier, dann wurden sie von leicht bekleideten Frauen weggeführt.

Als nächstes war Erika an der Reihe.

„Du bist heute Abend ein sehr glückliches Kätzchen", sagte die Madame.

Sie reichte Erika einen kleinen Zettel, auf dem die Nummer 930 stand. Es war die Zimmernummer, wo ihr Besitzer sein würde.

"Danke schön."

„Ihr neuer Besitzer hat etwas Besonderes für Sie", sagte die Madame. "Sind Sie bereit?"

"Ich bin."

„Das höre ich gerne. Du wirst es gut machen. Vertraue deinem Instinkt und genieße deine erste Sklavenerfahrung. Die Unterwürfige in dir wird das Vergnügen bekommen, das sie zu Recht verdient. Okay?"

Damit beugte sich die Madame vor und gab Erika einen sanften Kuss auf die Lippen. Als der Kuss endete, sahen sie sich in die Augen, und Erika wurde von der Leine, die an ihrem Halsband befestigt war, weggeführt.

Die Nacht

Die beiden leicht bekleideten Frauen führten Erika zum Fahrstuhl und dann hinauf ins Zimmer. Keiner von ihnen sprach ein Wort. Die Frauen sprachen nicht. Und Erika war zu nervös, um etwas zu sagen.

Erika trug immer noch nur ihr durchsichtiges Top und einen kleinen Slip. Und sie wurde an der Leine an ihrem Halsband geführt.

Als sie im Zimmer ankamen , klopfte die Frau an die Tür, dann öffnete sie sie.

Erika wurde in den Raum geführt, wo sie in perfekt damenhafter Haltung, wie eine gute Sklavin stehen sollte, am Eingang stand, und die beiden Frauen gingen und schlossen die Tür.

Sie wurde mit ihrem Käufer allein gelassen.

Das Zimmer selbst sah aus wie ein schickes Hotelzimmer. Es war ordentlich, sehr sauber und hatte einen Sinn für Stil. Nur einige Lichter waren an. Der Raum war eine Mischung aus Licht und Dunkelheit.

Auf dem Stuhl saß ein Mann. Er trug einen eleganten Anzug und sein Gesicht war teilweise von Dunkelheit bedeckt. Durch das schwache Licht vermutete Erika, dass der Mann in den Dreißigern oder frühen Vierzigern gewesen sein musste. Es schien keinen Ausdruck auf seinem Gesicht zu geben.

Auf einem Tisch lag ein wunderschönes schwarzes Kleid.

Auf dem Bett lag eine nackte Frau. Ihre Handgelenke an den Bettpfosten gefesselt. Ihre Knöchel waren an den unteren Bettpfosten gefesselt, und sie befand sich in einer gespreizten Adlerhaltung . Ihre Augen waren mit einer Augenbinde bedeckt. Und einen roten Ballknebel im Mund.

Erika spürte, wie ihr Adrenalin bei diesem surrealen Anblick zurückkehrte. Sie wusste durch den Anblick der Dinge, dass sie in den

Händen eines professionellen Doms war. Kein Amateur. Nicht jemand, der experimentiert. Aber ein echter Profi.

„Zieh dich aus", sagte der Mann beiläufig. „Deine Fersen auch. Aber lass dein Halsband an. Ich genieße die Leine."

"Jawohl."

Erika gehorchte. Sie zog ihr Oberteil aus, um ihre birnenförmigen Brüste zu enthüllen. Sie entfernte ihren Hintern, ihre getönten athletischen Beine zur Schau, zusammen mit ihrem sauber rasierten Schritt. Und sie zog ihre Absätze aus.

In diesen kurzen Momenten stand Erika völlig nackt vor ihrem neuen Besitzer. Sie war völlig nackt bis auf das SKLAVE-Halsband um ihren Hals, wobei die Leine noch herunterhing.

Sie war nicht mehr nervös. Nachdem sie in einem Raum voller Menschen nackt auf der Bühne stand, konnte sie an diesem Punkt mit allem umgehen.

„Mein Name ist Richard", sagte der Mann. "Die nackte Frau, die Sie auf dem Bett sehen, ist Kelly."

„Hi Richard", antwortete sie und versuchte herzlich zu klingen. "Ich bin Erika."

"Willkommen, Erika. Du musst überrascht sein."

"Wieso den?"

"Dass ich dich gekauft habe, während meine Frau nackt auf dem Bett gefesselt ist."

Die gefesselte nackte Frau im Bett war also Richards Frau. Erika war wirklich überrascht, aber auf eine gute Art und Weise. Sie war an diesem Abend offen und zu allem bereit.

"Es ist sicherlich unorthodox", antwortete Erika. „Aber wir alle haben unsere Fantasien im Leben. Und ich bin niemand, der darüber urteilt."

"Nicht, wenn du eine Leine um den Hals hast."

"Ja."

„Ich habe dich aus mehreren Gründen ausgewählt", sagte Richard. „Erstens bist du sehr schön. Zweitens bist du neu hier. Drittens mag dich meine Frau. Viertens bist du anscheinend sehr gut darin, anderen Frauen zu gefallen."

Erika nickte. "Mir wurde gesagt, dass ich dieses Talent habe."

„Gut, denn meine Frau hatte noch nie das Vergnügen weiblicher Befriedigung.

Erika sah zu der nackten Frau hinüber, die gefesselt, mit verbundenen Augen und geknebelt war.

"Ich bin sicher, sie ist eine liebenswerte Person."

„Und auch sehr unterwürfig", fügte Richard hinzu. „Wie Sie bereits erwähnt haben, haben meine Frau und ich eine sehr unorthodoxe Ehe. Ich bin ihr Ehemann. Und ich bin auch ihre Domina. Sie ist meine Frau. Und sie ist auch meine Unterwürfige. Wir lieben uns sehr . Und wir kümmern uns um die Bedürfnisse des anderen."

"Ich verstehe, Herr."

"Bitte nennen Sie mich Richard."

"Okay Richard."

Er fuhr fort: „Heute ist ein ganz besonderer Tag. Es ist unser 10-jähriges Jubiläum. Es reicht einfach nicht, sie zu Hause zu fesseln und sie zum Abspritzen zu bringen. Nein. Ein Tag wie heute muss etwas Besonderes sein. Deshalb habe ich sie hierher gebracht . Und deshalb habe ich dich als meine Sklavin für die Nacht gekauft."

Die Fantasie war zum Leben erwacht. Erika spürte, wie ihre Nerven verschwanden und ihre Muschi feuchter wurde. Gott, sie war bereit dafür.

"Ich würde gerne helfen, wo immer ich kann."

"Haben Sie jemals ein Ehepaar bewirtet?"

"Nein."

"Ein Dreier?"

Erika schüttelte den Kopf. "Nein."

"Du bist nicht sehr erfahren, oder?"

"Nein, ich entschuldige mich. Ich habe der Madame klar gemacht, dass ich neu auf dieser Welt bin. Also verzeihen Sie mir, wenn ich nicht auf der Höhe bin. Aber ich verspreche, mein Bestes zu geben."

„Entschuldige dich nicht", erwiderte er. „Ich hatte auch noch nie einen Dreier. Und ich habe Kelly noch nie einen anderen Partner vorgestellt. Deshalb bist du perfekt dafür. Wir können das gemeinsam erkunden."

Erika nickte. "Das würde mir gefallen."

"Würdest du? Möchtest du die Muschi meiner Frau probieren, während ich dich von hinten vergewaltige?"

"Ja."

"Möchtest du anfangen?"

Erika nickte. "Ja."

„Nun denn, Sklave, die Muschi meiner Frau ist weit offen. Ich bin mir sicher, dass sie inzwischen tropfnass ist.

"Danke schön."

Erika näherte sich der gefesselten & hilflosen Frau auf dem Bett. Je näher sie kam, desto klarer sah sie die nackten Teile der Frau. In dem teilweise beleuchteten Raum sah Erika die braunen Brustwarzen und den sauber rasierten Vaginabereich der Frau.

Es war ein surrealer Moment, und Erika war dabei, Oralsex mit einer Frau zu machen, die sie noch nie zuvor getroffen hatte. Eine Frau, die gefesselt und mit verbundenen Augen war. Eine Frau, die nicht einmal sprechen konnte, weil sie einen Knebel im Mund hatte.

Und es war nicht irgendeine Frau. Es war Kelly, die Frau des Besitzers.

Erika positionierte sich zwischen Kellys Beinen auf dem Bett. Sie fragte sich, was Kelly wohl gedacht haben musste, ob ihr das Spaß machte oder nicht. Sie fragte sich, ob das wirklich Kellys Fantasie war.

Die Frage wurde beantwortet, als Erika sich bückte und sich die gespreizte Adlermuschi genauer ansah. Innen war die Muschi nass.

Flüssigkeiten glänzten. Es war kein Hexenwerk, festzustellen, dass Kelly hochgradig erregt war. Daran bestand kein Zweifel.

Erika rieb Kellys Oberschenkel und näherte sich der Mitte. Dann beugte sie sich vor und gab der Muschi einen schönen Kuss. Es ließ Kelly zittern. Nach einem weiteren Lecken schienen Kellys Beine zu zucken. Erika leckte auf und ab wie eine gute Sklavin.

„Sag meiner Frau, wie sie schmeckt", sagte Richard.

"Sie schmeckt fantastisch."

"Sag es meiner Frau."

Erika blickte zu der Frau mit verbundenen Augen und geknebelt nach oben. „Du schmeckst unglaublich, Kelly, das tust du wirklich. Ich liebe deinen Geschmack absolut. Ich verehre ihn. Ich liebe den Geschmack deiner Muschi auf meiner Zunge."

Von Kelly kam ein wimmerndes Geräusch, aber es wurde durch den Ballknebel in ihrem Mund gedämpft.

„Gut gesagt", lobte Richard. "Jetzt leck weiter. Lass sie abspritzen."

Erika setzte ihre Arbeit fort und konzentrierte ihre orale Aufmerksamkeit auf die nasse Muschi. Währenddessen stöhnte die gefesselte Ehefrau weiter mit dem Knebel im Mund und wand sich im Bett.

Als Erikas Zunge tief in der Muschi vergraben war und gekonnt auf und ab leckte, fragte sie sich, welche Frau ihr gefiel. Sie fragte sich, wie Kelly in ihrem gewöhnlichen Leben war, was sie beruflich machte, welche Hobbys sie hatte, welche Art von Essen sie gerne aß, welche Fernsehsendungen sie gerne sah.

Die Neugier machte die Sextheke nur so viel heißer. Vielleicht würde Erika alle Antworten herausfinden, wenn sie eines Tages miteinander reden und Freunde werden könnten. Oder vielleicht würden sie niemals miteinander sprechen. Wer weiß?

Aber das Einzige, was zu diesem Zeitpunkt zählte, war, Kellys Muschi zu befriedigen. Das war Erikas einziger Job – bisher.

Bei der Arbeit nahm Erika Befehle immer gut an und führte sie immer durch. Nun, ihr Chef war Richard, und ihr wurde befohlen, seine Frau zum Abspritzen zu bringen.

Ihre Zunge fuhr fort, auf und ab zu streichen. Ihre Lippen blieben gegen die Muschi gedrückt. Und von Zeit zu Zeit lutschte sie an der Muschi und schlürfte die natürlichen Säfte.

Jede Aktion gab Kelly die gleiche Reaktion, als sie gefesselt auf dem Bett lag. Die Frau zog an den Seilen, die ihre Handgelenke fesselten. Und sie zog an den Seilen, die ihre Knöchel fesselten. Ihr Stöhnen wurde durch den roten Ballknebel in ihrem Mund gedämpft.

Erika arbeitete härter, als sie wusste, dass ihre orale Technik funktionierte und die gewünschte Wirkung erzielte.

„Ihre Zehen wackeln", sagte Richard. "Das bedeutet, dass sie kurz vor einem Orgasmus steht."

Da arbeitete Erika noch härter. Sie leckte härter und schneller. Sie presste ihre Lippen fester zusammen und saugte mit zunehmender Intensität.

Kelly wand sich heftig und zerrte an den Seilen, die sie gefesselt hielten. Sie stöhnte heftig, aber es wurde durch den Ballknebel unterdrückt.

„Schluck", sagte Richard zu dem Sklaven. „Meine Frau ist eine Spritzpistole. Ich muss Sie warnen. Und ich möchte, dass Sie es schlucken, wenn das in Ordnung ist."

„Mmm hmm" quittiert der Sklave.

Tatsächlich kam der Orgasmus, und zwar auf spektakuläre Weise. Erika saugte und leckte weiter und Kelly hatte einen starken Orgasmus.

Ein Schwall Flüssigkeit strömte aus Kellys Muschi und in Erikas Mund. Es kam in mehreren Schüben und Erikas Mund war unerbittlich im Schlucken. Kellys Körper zuckte und wand sich, während Erika ihre orale Magie mit ihrem hochtrainierten Mund fortsetzte.

Als es fertig war, kamen die Flüssigkeiten nicht mehr heraus und Kellys Körper blieb ruhig, während sie schwer durch die Nase atmete.

Erika saß aufrecht mit Muschisäften im ganzen Mund, wie eine frische Schicht aus nassem Make-up.

„Bravo", sagte Richard beiläufig. "Du hast einen tollen Job gemacht."

"Danke , Herr ."

" Also sag mir, wie schmeckt meine Frau?"

"Köstlich, mein Herr."

"Erika, meine Sklavin, ich werde dich jetzt ficken. Und ich werde dich in den Arsch ficken."

Sie schluckte. "Ja Meister."

„Wir werden es nicht in einer normalen Position machen. Verstehst du? Das wird etwas anderes sein. Etwas, das du noch nie zuvor gemacht hast."

"Mein Geist und Körper sind offen für dich."

Richard nickte zufrieden. „Gehen Sie auf alle Viere. Positionieren Sie sich über meiner Frau. Sie werden ihr in die Augen sehen."

Sie schluckte erneut. "Ja Meister."

Erika ging auf alle Viere und positionierte sich über der nackten Frau, der sie gerade einen intensiven lesbischen Orgasmus beschert hatte. Nicht irgendeine Frau. Aber die Frau ihres neuen Besitzers für diese Nacht.

Als sie in Position war, war sie nur wenige Zentimeter von Kellys Gesicht entfernt. Selbst mit Augenbinde und Knebel konnte Erika erkennen, dass Kelly sehr hübsche Gesichtszüge hatte , und sie fragte sich, wie Kelly ohne die Fesselung aussah.

Als sie die Position einnahm, hörte sie, wie Richard aufstand und sich auszog. Sie sah ihn nicht an. Sie blieb einfach auf allen Vieren direkt über der gefesselten Frau in Position.

„Meine Frau ist eine erstaunliche Frau", sagte Richard zu dem Sklaven.

Genau in diesem Moment hörte Erika das Geräusch eines Flaschenverschlusses, der geöffnet wurde. Sie wusste sofort, dass es

Schmierung war. Ihr Verdacht wurde bestätigt, als sie Richards mit Gleitgel bestrichenen Finger spürte, der gegen ihren Anus drückte.

Der geschmierte Finger wurde in Erikas Hintern geschoben.

Er fuhr fort: „Kelly ist seit 10 Jahren meine unterwürfige Frau. Loyal und wertvoll in jeder Hinsicht. Heute Abend ist etwas Neues für uns."

Der Finger bewegte sich rein und raus und bedeckte Erikas rektale Wände.

Er fuhr fort: „Das ist teilweise ihre Fantasie. Sie wollte ans Bett gefesselt werden, während eine Frau ihre Muschi aß. Obwohl sie im Moment weder sprechen noch sehen kann, kann ich sagen, dass sie es liebte. Ihre Körperreaktionen sind leicht zu lesen. Die Art, wie sich ihre Zehen kräuselten und ihre Beine zitterten, bedeutet, dass sie einen intensiven Orgasmus hatte. Die Flüssigkeit aus ihrer Muschi bestätigte es nur."

Richards Finger zog sich zurück. Dann drückte er die Spitze seiner Erektion gegen Erikas winzigen Anus.

Er fügte hinzu. "Willst du sie sehen? Willst du sie küssen?"

„Ja, Sir", Erika nickte. "Ich würde."

"Wieso den?"

„Wir haben ein besonderes Erlebnis miteinander geteilt. Und ich finde sie hübsch."

„Sie ist wunderschön", sagte Richard. „Mach schon, sieh selbst. Nimm die Augenbinde ab. Nimm den Knebel aus ihrem Mund."

Erika verpflichtet. Sie entfernte vorsichtig die Augenbinde, dann stellten die beiden Frauen plötzlich Blickkontakt her. Erika sah der Frau in die Augen. Und Kelly sah die Frau, die gerade ihre Muschi gegessen und ihr einen lesbischen Orgasmus beschert hatte.

Dann entfernte Erika den roten Ballknebel, und plötzlich war Kellys Mund frei und schnappte nach tiefen Atemzügen.

Erika freute sich, endlich das Gesicht der schönen Frau zu sehen. Und sie fragte sich, wie Kellys Stimme klang oder ob sie tatsächlich etwas miteinander sagen würden.

Aber es ist nicht passiert, noch nicht.

Richard schob seinen Schwanz in Erikas Hintern und der Sklave stieß ein leises Jaulen aus. Der Schwanz ging tiefer und Erikas Augen weiteten sich und ihr Mund öffnete sich, während sie Kelly immer noch in die Augen sah.

"Magst du meine Frau?" fragte Richard, während sein Schwanz tief im Arsch des Sklaven steckte.

"Ja ... Sir. Sehr sogar."

Er zog sich zurück und drückte dann, sodass Erika nach Luft schnappte.

"Willst du sie küssen?" er hat gefragt.

"... oh... ja, mein Herr."

„Dann tu es. Sie hat noch nie zuvor ein Mädchen geküsst. Du wirst ihr erster sein."

Erika bückte sich und küsste die zurückhaltende Frau, während ein Schwanz anfing, ihr Arschloch zu entzücken. Es war offiziell Erikas erster Dreier. An diesem Punkt fühlte sie, wie ihr Arsch von Richards hartem Schwanz stimuliert wurde und ihre Lippen von der Weichheit von Kellys Mund stimuliert wurden.

Das Ficken ging weiter und Erika spürte, wie sich ihr Arschloch daran gewöhnte, dass der Schwanz sie hämmerte. In all ihren Jahren analer Erfahrung war es noch nie so derb gemacht worden. Sie war an sanften Analsex gewöhnt. Aber heute Nacht war nicht die Nacht für sanften Sex. Heute Nacht war sie eine Sklavin. Und sie war eine Sklavin, deren Besitzer sie hart in den Arsch ficken wollte.

Als das Ficken andauerte, fuhr Erika fort, Kelly auf den Mund zu küssen. Es wurde ein schlampiger nasser Zungenkuss. Erika liebte das Gefühl. Und sie liebte besonders die Tatsache, dass Kelly noch nie zuvor eine Frau geküsst hatte. Es war ein erotischer Nervenkitzel, Kellys lesbische Jungfräulichkeit zu nehmen.

"Magst du harten Sex?" fragte der Besitzer.

Sie hatte Mühe zu sprechen. "Jawohl."

„Lass es mich wissen, wenn es zu viel wird. Ich will dir nie wehtun, meine Liebe. Aber ich will dich wirklich zum Abspritzen bringen.

Der Analfick wurde härter und intensiver, als Richard die Leine ergriff und sanft daran zog, was Erikas Halsband leicht erstickte. Infolgedessen wurde ihre Atmung eingeschränkter und sie spürte eine drückende Enge um ihren Hals.

Erika hörte auf, die gefesselte Frau zu küssen, als das Analficken härter wurde. Es wurde immer schwerer und das Bett fing an zu wackeln. Erika spürte, wie sich der Druck in ihr aufbaute, als ihr Arsch gehämmert wurde.

„Oh Gott", wimmerte Erika, während ihr Nacken zugedrückt wurde. "Mein Arsch ... mein Arsch ..."

An diesem Punkt wurde Erikas Hintern so hart geschlagen, dass ihre kleinen birnenförmigen Brüste anfingen, hin und her zu winken. Tränen bildeten sich in ihren Augen und sie machte weiterhin kleine wimmernde Geräusche.

Die Leine wurde immer fester gezogen und das Halsband straffer, was Erika weniger Luft zum Atmen gab.

Schlimmer noch, als Richard mit einer Hand weiter an der Leine zog, benutzte er seine andere Hand, um nach unten zu greifen und Erikas empfindliche Brustwarze zu streicheln. Er kniff und drehte es. Der Bastard. Er kannte ihre Schwäche. Er kannte ihren sensiblen Punkt und nutzte ihn beim Sex aus. Ihre rosa Brustwarze schmerzte. Aber es war ihr auch eine große Freude.

Ihr Mund machte kurze Grunzgeräusche. Ihre Augen schlossen sich. Ihr Körper war steif, als sie die Arschhämmerungen, Atembeschränkungen und Nippelfolter ertragen musste. Und ihre Hände umklammerten fest das Bettlaken. Das Gefühl von intensivem Analsex und sexueller Stimulation baute sich im Inneren des Sklaven auf und Richard spürte es leicht.

„Komm, mein Sklave", grunzte Richard. „Spritz wie meine Frau."

Er ließ ihren Nippel los und stattdessen griff er nach unten und spielte gekonnt mit Erikas schmerzender Klitoris, während er ihr Arschloch mit seinem erigierten Schwanz entzückte. Erika war klar, dass ihr Besitzer sich in dieser Position gut auskannte, und er muss dies mit seiner Frau Kelly oft getan haben. So eine glückliche Frau, dachte Erika.

Die Leine wurde fester gezogen und das Halsband wurde fester um Erikas Hals, was sie am Schreien hinderte.

Anstelle von Schreien kamen kurze Atemzüge aus Erikas Mund, als sie ihren Orgasmus erreichte. Ihr Rücken wölbte sich nach oben, während ihr Arsch bösartig geschlagen und ihre Klitoris wild gerieben wurde.

„Mein Arsch", wimmerte sie leise, während ihr enges kleines Arschloch hart gedehnt wurde. "Mein Arsch."

Jetzt war sie an der Reihe zu kommen. Und sie war auch an der Reihe zu spritzen. Ein paar Flüssigkeitsspritzer schossen aus Erikas Muschi und auf Kellys Körper. Sie kam nicht so viel wie Kelly. Erika war nicht wirklich eine natürliche Squirterin. Aber sie spritzte genug, um eine Aussage zu machen.

Und diese Aussage war, dass der Sex verdammt toll war und dass sie es liebte, eine Sklavin für dieses Ehepaar zu sein.

Der Griff an der Leine wurde langsam gelöst und das Halsband fühlte sich weniger einschränkend an. Erika spürte, wie die Luft in ihre Lungen zurückkehrte und ihr Nacken und ihre Kehle sich entspannten. Zwischen dem intensiven Orgasmus, den sie fühlte, und dem Lösen des Kragens bemerkte Erika kaum die Tatsache, dass Richard gerade in ihr Arschloch gekommen war.

„Ich bin fertig", sagte Richard und ließ die Leine vollständig los. "Jetzt ist es Zeit für dich, dich zu reinigen."

Erika erkannte die Anspielung in seiner Stimme. Sie schwieg einen Moment und atmete schwer. Sie wollte ihre Fassung wiedererlangen, bevor sie wieder mit ihrem Besitzer sprach.

Das gehörte alles dazu, ein richtiger Sklave zu sein.

"Wie möchten Sie, dass ich das mache, Sir?" fragte sie mit einer gut gefassten richtigen Stimme.

„Drücke deinen Hintern gegen das Gesicht meiner Frau. Sie wird dich säubern."

Erika war schockiert. Aber als sie nach unten schaute, sah sie einen bereitwilligen Ausdruck auf Kellys Gesicht, die Erika leicht zunickte, um ihr mitzuteilen, dass alles in Ordnung war.

Sobald der Schwanz aus Erikas Arsch gezogen war, kroch sie nach oben und setzte sich aufrecht hin, positionierte ihr Arschloch direkt über Kellys Mund und senkte sich. Tief im Inneren fühlte sich Erika irgendwie schlecht, weil sie in dieser Position war, aber es war nicht ihre Entscheidung. Das wollte ihr Besitzer. Und nach dem gehorsamen Lecken ihres Arsches zu urteilen, das sich plötzlich anfühlte, wollte Kelly es auch.

Als Erika spürte, wie ihr Arschloch von der gefesselten Frau geleckt und gereinigt wurde, schloss sie die Augen und genoss den Moment. Es war mit Abstand die verrückteste Nacht ihres Lebens. Nichts war jemals in die Nähe gekommen.

Versteigert zu werden war in vielerlei Hinsicht das Beste, was ihr je passiert ist. Es gab ihr ein Gefühl der Zuversicht. Ein Gefühl, dass sie alles tun könnte. Sie hatte sich noch nie so wohl in ihrer Haut gefühlt.

Es war sexuelle Befreiung vom Feinsten.

Kellys Zunge drang ein wenig tiefer in den Anus ein, um das Sperma zu saugen, und Erika fühlte sich wie eine zufriedene Sklavin. Sie fragte sich, ob sie das jemals wieder tun könnte, und mit wem?

Epilog:

Ein Jahr war vergangen und Richard hatte Kelly etwas Besonderes versprochen.

Er war früh von der Arbeit nach Hause gekommen. Inzwischen war Kelly gerade nach einem langen Tag im Büro zurückgekehrt. Sie trug immer noch ihre Bürokleidung.

Als sie nach Hause kam, wurde ihr gesagt, sie solle ihre Schuhe ausziehen und ihre Handtasche ablegen.

"Kann ich mich vorher wenigstens umziehen?" Sie fragte. "Ich könnte wahrscheinlich auch eine Dusche gebrauchen."

"Dir das zu erlauben, würde die Überraschung ruinieren."

Kelly lächelte, "Noch ein verrücktes Geschenk zu unserem 11. Hochzeitstag?"

„Das ist richtig", sagte er und holte eine Augenbinde aus seiner Tasche.

Sie sah ihn skeptisch an, stimmte aber zu. Sie trug die Augenbinde, und Richard führte sie die Treppe hinauf, den Flur hinunter in ihr Schlafzimmer.

Als sie das Ziel erreichten, fragte Richard, ob sie bereit sei, und sie sagte, dass sie es sei.

Die Augenbinde wurde entfernt.

Kelly fiel beim Anblick einer nackten Frau, die in ihrem Ehebett gefesselt war, fast die Kinnlade herunter. Die nackte Frau hatte ihre Hand- und Fußgelenke mit einem Seil zusammengebunden. Sie war in der knienden Position, mit ihrem Hintern nach außen gerichtet.

Es war jedoch nicht irgendeine nackte Frau. Es war jemand, der ihm bekannt vorkam. Jemand, den Kelly anhand des nackten Hinterns erkennen konnte.

„Ist das ... Erika?" Sie fragte.

"Warum versuchst du es nicht und findest es heraus?"

"Hast du..."

„Ich habe sie für heute Nacht gekauft. Oder länger, wenn du willst. Sie kann unsere Sklavin sein, wenn wir sie brauchen.

„Du bist zu viel", sagte Kelly mit einem leichten Lächeln und schüttelte ungläubig ihren Kopf.

"Los, probier mal Liebling."

Kelly warf ihrem Mann einen zweideutigen Blick zu, dann näherte sie sich dem gefesselten Sklaven, ging auf die Knie und spreizte den Hintern des Sklaven noch weiter mit beiden Händen. Kelly begann mit Oralsex an Erikas Arschloch und Muschi.

Als sie mit ihrer mündlichen Arbeit fortfuhr, hörte sie, wie Richard eine Schublade öffnete. Sie versuchte es zu ignorieren und sich darauf zu konzentrieren, den Sklaven oral zu befriedigen. Aber sie konnte es nicht ignorieren, als Richard eine kleine Schachtel auf das Bett stellte, direkt neben dem Sklaven.

Aus dem Augenwinkel sah Kelly, was sich in der kleinen Schachtel befand. Es war ein neu gekauftes Umschnalldildo und Kelly wusste, dass es eine weitere lange Nacht werden würde.

DIE MUSLIMISCHE EHEFRAU

43

Eines der einzigartigen Dinge an dem Herrenhaus war, dass keines der Zimmer Türen hatte. So konnte jeder jederzeit alles sehen.

Samira hatte sich nie vorgestellt, an so etwas teilzunehmen. Sie war eine gute muslimische Frau. Sie war nur hier, weil sie vor vielen Jahren die marokkanische Reederei ihres Vaters geerbt hatte und sich durch kluge und kluge Geschäftsentscheidungen ein kleines Vermögen aufbauen konnte.

Dieser Erfolg ermöglichte ihr ein extravagantes Leben in Amerika. Sie war nicht nur eine wohlhabende Geschäftsfrau geworden , sondern machte sich auch in der philanthropischen Welt einen Namen, indem sie sich mit großen Namen von Prominenten und Politikern traf.

Jetzt war sie hier, im Erdgeschoss des „Bondage Manor", wie viele der elitären Gäste es inoffiziell genannt hatten. Sie war nur wegen ihres Mannes Michael hier, der britischer Staatsbürger und ein wohlhabender Tech-Investor mit den richtigen Verbindungen war (einschließlich eines Ortes wie diesem).

Sie war eine 35-jährige Jungfrau, als sie vor Monaten geheiratet hatten, und sie konnte immer noch nicht glauben, dass er sie dazu überredet hatte, an einer hedonistischen Veranstaltung wie dieser teilzunehmen. Es war ein verspätetes Hochzeitsgeschenk , hatte Michael ihr gesagt. Ein Geschenk seines engsten Freundes, fügte er hinzu.

Alle Gäste waren für diesen Anlass tadellos gekleidet. Samiras Ensemble für ihren Teil umfasste ein elegantes weißes Kleid, Absätze und ausgefallenen Schmuck. Ihr üppiges, welliges schwarzes Haar war in der Mitte gescheitelt und floss frei; genau so, wie ihr Mann es bevorzugte. Es ließ sie außerordentlich verführerisch aussehen, wie er oft sagte.

Sie sah sich um und hoffte, dass niemand sie erkennen würde. Niemand tat es. Die Gäste, meist Paare mittleren Alters, alle weiß, waren zu sehr damit beschäftigt, sich auf die verschiedenen Preise zu konzentrieren, die versteigert wurden.

Leicht bekleidete Frauen standen auf verschiedenen Plattformen, während Gäste Gebote für die von ihnen gewünschten abgaben. Die

Frauen waren alle attraktiv. Junge Erwachsene. Verschiedene Ethnien und Hintergründe. Und es freute Samira zu sehen, dass jede der jungen Unterwürfigen es genoss, dort zu sein, mit einem angenehmen und verführerischen Lächeln auf ihren bezaubernden Gesichtern.

"Spaß haben?" flüsterte Michael ihr verführerisch ins Ohr. "Du scheinst dich wohler zu fühlen, wenn du hier bist."

Samira hielt ihren Mann fester. "Das würde ich nicht sagen. Ich bin immer noch sehr nervös."

„Wir werden bald genug in unserem eigenen Zimmer sein, mit mehr Privatsphäre. Wer interessiert dich?"

Sie wägte ihre Möglichkeiten genauer ab. Die Wahrheit war, sie wäre mit jedem der Unterwürfigen glücklich gewesen . Als frisch verheiratete Frau war der Sex mit ihrem Ehemann immer noch ein wunderbares Vergnügen, das sie mehr als zufrieden machte. Michael war gut im Bett und alle ihre Sinnesfreuden waren erfüllt worden.

Aber die Idee, mit einer anderen Frau auf Erkundungstour zu gehen, war eine einzigartige Gelegenheit, die Grenzen ihrer Sexualität noch weiter zu verschieben. Sie versöhnte dies mit ihren strengen religiösen Überzeugungen dadurch, dass dies innerhalb der Grenzen ihrer Ehe lag.

Beim Stöbern fiel ihr jemand ins Auge.

Eine unschuldig aussehende Brünette in einem eng anliegenden schwarzen Kleid, die zierlich war mit milchweißer Haut; Haut, die makellos schien. Ihr Gesicht war rund und ihre Statur klein. Das U-Boot wurde von einer Leine und einem Halsband um ihren Hals gehalten, und sie war auf ihren Knien, gepolstert mit einem flauschigen roten Kissen. Sie konnte nicht älter als Mitte 20 sein und ihr braunes Haar war zu einem ordentlichen Knoten zusammengebunden.

"Sie?" fragte Michael, als er bemerkte, dass seine Frau ihn anstarrte.

Samira bestätigte: „Ich finde sie bezaubernd. Ich kann nicht glauben, dass sie überhaupt hier ist. So ein Mädchen?"

„Den Fantasien sind keine Grenzen gesetzt, mein Liebling. Ich bin sicher, sie hat eine interessante Geschichte. Sollen wir sie uns genauer ansehen?"

Sie gingen zu dieser zierlichen jungen Frau hinüber. Andere Gäste im Manor stöberten ebenfalls. Sie untersuchten das Gesicht und den Körper der Unterwürfigen zusammen mit den angezeigten Informationen.

Name: Erika

Alter: 24

Größe/Gewicht: 5'2 110 Pfund

Beruf: Student (Wirtschaft)

Präferenz: Einreichung

Orientierung: Offen für alles

Fähigkeiten: Alles und jedes. Paare. Mundreinigung.

Löcher: Alle 3 vorhanden

Erfahrung: 3. Veranstaltung

Zitat: „Hallo, mein Name ist Erika und ich möchte dein Toy sein. Obwohl ich noch recht neu bin, bin ich immer noch sehr neugierig und offen für vieles. Ich kann ein gutes oder ein böses Mädchen sein . Ihre Wahl ist mir ein Vergnügen."

Startpreis: 500 $

Die Sub „Erika" blieb stoisch, als potenzielle Käufer ihre Schönheit anstarrten und sich verrückte Gedanken darüber machten, was sie gerne mit ihr machen würden. Ihr Gesicht war nicht zu lesen.

"Soll ich ein Gebot abgeben?" fragte Michael seine Frau. „Oder sollen wir weiter stöbern? Vielleicht gibt es jemanden, den du mehr magst."

Samira war unnachgiebig. „Nein. Diese hier. Ich mag sie. Sie scheint so süß. Ich frage mich, wie sie privat ist."

"Natürlich, mein Liebling. Das ist deine Erfahrung, die du bewundern kannst."

Michael hat ein Gebot für dieses spezielle U -Boot abgegeben , und Samira hat zugesehen, wie ihr Mann Geschäfte gemacht hat.

Als die Gebote abgegeben wurden und es soweit war, nahm die Auktion ihren Lauf. Es waren insgesamt mindestens 20 Unterwürfige . Jeder wurde versteigert. Was die Gäste betrifft, die für den Tag kein Sub kaufen konnten, waren sie offensichtlich miteinander beschäftigt oder mit den Begleitern, die helfen würden, die Unterhaltung des Tages zu erleichtern.

Samiras Herzschlag stieg, als ihr Mann bot. Sie wollte nicht, dass jemand anderes Erika besaß. Ganz ehrlich, sie wollte Erika für sich und Michael als Trio. Ein so hübsches Mädchen wollte sie beschützen und pflegen, fast auf eine mütterliche Art und Weise.

Und wenn sie die Ausschreibung tatsächlich gewonnen haben ? Wäre das ihre erste lesbische Erfahrung? Sie verspürte ein Gefühl von Panik und Scham. Wenn irgendjemand in ihrem Heimatland jemals wüsste...

Dann hörte sie es: Verkauft!

Michael hatte die Ausschreibung gewonnen. Die devote Erika erhob sich und die Leine wurde ihrem Mann übergeben.

Als die Devote herunterkam, standen sich Samira und Erika gegenüber. Der Unterwürfige lächelte. Alles, woran Samira denken konnte, war, wie hübsch diese junge Frau war und wie makellos ihre Haut schien; es leuchtete fast. Und diese Lippen! Erika hatte die üppigsten und natürlichsten Schmolllippen, die man sich vorstellen kann. Wie müssen sie sich bei einem Kuss oder irgendetwas anderem fühlen... fragte sich Samira.

Michael half, die Peinlichkeit zu überwinden, und alle stellten sich vor. Sie tauschten Höflichkeiten aus und Samira verspürte ein leichtes Schuldgefühl, dass sie diese junge Frau zum sexuellen Vergnügen benutzen würden und sonst nichts.

Sie gingen alle zusammen die Treppe hinauf. Michael war in der Mitte, und die beiden Frauen legten ihre Arme um seine. Zu diesem Zeitpunkt hatte sich die Partei entwickelt. Für die gesellschaftlichen

Eliten war es immer noch eine hochklassige Angelegenheit. Aber die Brüste waren freigelegt. Körperteile zeigten sich.

Als sie die obere Etage erreichten, wo sich alle Schlafzimmer befanden, konnten sie bereits Stöhnen und Gott weiß was noch hören . Samira spähte in eines der Zimmer und sah eine asiatische Unterwürfige auf ihren Knien, die einen Mann oral befriedigte, während seine Frau zusah. Im Nebenraum zog sich eine unterwürfige Latina für ein Paar aus und modellierte stolz ihren statuenhaften Körper und ihre dunklen Nippel für ihr Sehvergnügen. In einem weiteren Raum wurden einer Unterwürfigen die Augen verbunden und sie wurde mit gespreizten Armen auf das Bett gefesselt.

Wieder einmal verzehrte Samiras Schuldgefühle, Erika auf diese Weise benutzt zu haben, sie.

Sie erreichten ihr Zimmer. Es war schick und hatte japanische Kunstwerke an der Wand. Es gab auch ein großes Fenster, das den Hof überblickte, wo sich draußen immer noch viele Leute trafen, während nackte Diener Essen und Getränke servierten. Samira hatte Angst vor der Vorstellung, dass jemand einfach aufblicken und sie sehen könnte. Aber das waren die Regeln dieses Ortes.

Aus Höflichkeit entfernte Michael Erikas Halsband, wodurch sie noch gesünder aussah.

Samira wollte sagen: „Das musst du nicht, Erika. Sie können uns einfach zuschauen, wenn Sie sich dadurch wohler fühlen.'

Bevor diese Worte Samiras Mund entkommen konnten, hatte Erika die Initiative ergriffen.

Auf Erikas Gesicht lag ein beiläufiger Ausdruck, als sie vor ihnen stand, den Reißverschluss ihres Kleides öffnete und es auf den Boden fallen ließ. Ihre Haut war blass und sie hatte feine Kurven. Sie trug ein passendes Paar aus einem weißen BH und Höschen, zusammen mit Strümpfen und Strumpfbändern. Der dünne Spitzen-BH mit Satinkanten erschien ihr eine Körbchengröße zu klein, was gewollt zu sein schien, und als Ergebnis waren ihre rosafarbenen Brustwarzen oben sichtbar.

In diesem Moment wusste Samira, dass ihr eigenes Urteil falsch war. Das war kein Fehler. Diese junge Unterwürfige wusste ganz genau, was sie tat, stand da mit ihren teilweise entblößten Brustwarzen, während sie an sich hinunterschaute, um sicherzustellen, dass ihre Unterwäsche richtig aussah. Sie rückte ihren BH und ihr Höschen zurecht und war mehr als zufrieden damit, dass ihre Brustwarzen zu sehen waren.

„Ich bin bereit", sagte Erika mit einem schiefen Lächeln und ihren Händen in den Hüften.

„Du bist ein ziemlicher Wirtschaftsstudent", bemerkte Michael und bewunderte das kaum sichtbare Dessous-Outfit.

Erika nickte. „Eigentlich ist es mein letztes Jahr. Ich habe zwei Sommer hintereinander Praktika gemacht und hoffe, nächstes Jahr einen Job als Finanzanalyst zu bekommen."

"Köpfchen und Schönheit. Genau wie meine Frau. Sie leitet eine große Reederei."

"Oh?" Erikas Augenbraue hob sich und sie sah über Samiras schwüle Gestalt hinweg.

„Sieht so aus, als wären wir hier alle Profis", betonte Samira. „Mein Mann und ich sind neu hier. Wir haben kürzlich geheiratet. Und wir haben so etwas noch nie gemacht, wenn Sie das glauben können."

Erika nickte. " Oh , ich glaube es definitiv. Dieser Ort ist beliebt bei neugierigen Paaren."

"Mir ist aufgefallen. Dieser Ort ist ... einzigartig."

„Das ist eine gute Sache. Das Dom /Sub-Ding ist einzigartig und schwer richtig zu machen. Aber dafür ist dieser Ort da. Um Ihr Führer zu sein."

Samira spannte sich sanft an. "Ich bin sicher, Sie sind ein sehr fähiger Führer."

"Ich bin bis zur Perfektion trainiert worden. Also ja, ich bin in vielen Dingen sehr fähig. Und ich liebe es, Freude zu bereiten."

"Du siehst auch süß aus."

"Warst du derjenige, der mich ausgesucht hat?" fragte Erika mit einem süßen Ausdruck auf ihrem runden Gesicht.

„Das habe ich", bestätigte Samira. „Ich finde dich süß. Vielleicht nenne ich dich sogar sexy. Ich war noch nie mit einer Frau zusammen, aber mein Mann möchte, dass ich etwas Neues erkunde."

„Das ist perfekt. Ich liebe Paare. Ich war mit einigen zusammen und mir wurde gesagt, dass ich sehr gut darin bin."

Samira atmete angesichts der Erfahrung des Mädchens tief durch. "Du scheinst..."

"Unschuldig?" fragte Erika spielerisch und beendete Samiras Satz.

"Ja. Du siehst wirklich wie ein Engel aus."

"Samira, sogar Engel haben ihre Freude."

gebe ich dir die vollständige Kontrolle über uns Frau besonders. Ich möchte, dass meine Frau sich daran erinnert. Kannst du das, Erika?"

Samira keuchte bei der Ankündigung, und Erika hatte die gegenteilige Reaktion und setzte ein teuflisches Grinsen auf.

„Ihr beide habt Glück", antwortete Erika mit einer leichten Freude. „Weil Sie das richtige Mädchen für den Job gekauft haben. Ich denke immer darüber nach, wie ich mit anspruchsvollen Leuten ungezogen sein kann. Ich bin sicher, wir können uns etwas einfallen lassen."

"Irgendwas im Sinn?" er hat gefragt.

Erika drehte sich zu Samira um und überlegte. „Hmm... mal sehen. Solch eine stilvolle und elegante Frau. Ich kann sehen, dass du zögerst, hier zu sein.

Alles, was Samira tun konnte, war still stehen und warten, während diese junge Unterwürfige sie weiterhin musterte und sich alle möglichen abweichenden Gedanken darüber machte, was sie alle in wenigen Augenblicken tun würden.

„Ich weiß", sagte Erika schließlich mit leuchtenden Augen. „Ich möchte, dass du mein Halsband trägst, während ich die Leine halte. Drüben am Fenster."

Die Rollenumkehr kam so plötzlich, dass Samira nicht wusste, wie sie sich fühlen sollte. Es war ein Schock. Dem hatte sie ursprünglich nicht zugestimmt. Und als Spielzeug benutzt zu werden, war sicherlich nicht der Grund, warum sie hierher kam.

Sie sah zu ihrem Mann hinüber, um moralische Unterstützung zu erhalten, und es gab keine. Michael schien mit dieser Idee voll an Bord zu sein und Samira war zahlenmäßig unterlegen.

"Willst du mich erniedrigen?" fragte Samira und verbarg das Unbehagen in ihrer Stimme.

„Nein. Ich will nur zusehen, wie du Schwänze lutschst."

Samira tat ihr Bestes, um die Würde zu wahren. "Und warum ist das?"

„Das ist meine Lieblingssache auf der Welt", antwortete Erika mit einem schwachen Funkeln in ihren Augen. „ Außerdem hast du ein nettes Gesicht. Es sieht exotisch aus. Ich liebe die dunkle Farbe deiner Haut.

"Aber die Leute draußen könnten mich sehen."

„Noch besser", nickte Erika. „Es besteht kein Zweifel, dass Sie gesehen werden. Es macht die Sache lustiger, glauben Sie mir."

Während Samira fassungslos dastand, hielt Michael den Kragen hoch.

"Sollen wir?" er hat gefragt.

„Auf den zweiten Blick...", fügte Erika mit einem Sinneswandel hinzu. „Ich habe eine bessere Idee.

Das devote Mädchen griff nach hinten und öffnete ihren Spitzen-BH, wodurch ihre winzigen, frechen Titten und rosafarbenen Brustwarzen in ihrer Gesamtheit enthüllt wurden. Sie kniff den BH an einem Ende zusammen und drehte ihn. Auf ihrem süßen Gesicht lag ein Ausdruck der Freude.

„Mir gefällt, wie du denkst", lächelte Michael.

"Ein wenig Kreativität reicht weit. Darf ich die Ehre erweisen?"

Der Ehemann nickte. "Sie können."

Samira blieb stehen, als Erika mit dem BH in der Hand näher kam. Samiras üppiges, dunkles Haar wurde nach hinten gebürstet, und sie erlaubte Erika, den Spitzen-BH um ihren Hals zu wickeln, wodurch aus dem glatten Stoff ein improvisiertes Halsband und eine Leine entstanden.

„Zum Fenster", sagte Erika in Samiras Ohr.

Die Frau stellte sich zusammen, während Erika sanft, aber fest daran zog. Samira wusste nicht, wie sie sich fühlen sollte. Die Kontrolle ging verloren. Und nicht weniger für eine junge Frau mit Engelsgesicht. Als Samira vor dem Fenster stand, sah sie die Gäste, die draußen gesellig waren, und das nackte Personal, das Erfrischungen servierte.

„Auf die Knie", sagte Erika und wandte sich dann an den Ehemann. "Schwanz, bitte."

Samira ging auf die Knie und ihre Sinne wurden geschärft. Sie nahm alles, was draußen vor sich ging, genau wahr, zusammen mit all dem Stöhnen der Lust im Flur und dem Gefühl des Teppichs auf ihren Knien.

Noch wichtiger war, dass sie das Geräusch ihres Mannes hörte, wie er seine Schuhe auszog und seine Hose ordentlich und elegant aufmachte (eine Eigenschaft, die sie immer sexy gefunden hatte). Trotz ihres Alters war Samira noch neu in der Welt des Schwanzlutschens. Sie stellte fest, dass es ihr Spaß machte. Es war nicht annähernd so erniedrigend, wie sie es in all ihren jungfräulichen Jahren erwartet hatte. Seltsamerweise fühlte es sich in vielerlei Hinsicht sogar ermächtigend an, da sie den Orgasmus des Mannes, den sie liebte, unter Kontrolle hatte.

Aber um es hier zu tun? Vor so vielen potenziellen Zeugen? Unter der Anleitung von Erika?

Der Gedanke machte ihr Angst. Sie trug kein Höschen, aber wenn doch, wäre es durchnässt gewesen.

Als sie am Fenster kniete, stand ihr bodenloser Ehemann vor ihr. Sein Schwanz war bereit zum Saugen. Zum ersten Mal fühlte es sich so an, als wäre Samiras Ehemann eher eine Requisite als alles andere.

Ein Schwanz für sie. Oder ein Schwanz, dessen einziger Zweck darin bestand, ihren Mund zu ficken.

Bevor die Aktion begann, zog Erika am BH/der Leine, um Samiras Haltung aufzurichten, dann griff sie hinüber, um Samiras Brüste freizulegen, indem sie den oberen Teil des Kleides nach unten drückte.

„Du hast schöne dunkle Nippel", sagte Erika und blickte über die nackte Brust der Frau. "Sie sind schon steif. Sie müssen aufgeregt sein. Auch keine Bräunungsstreifen. Ihre natürliche Hautfarbe strahlt. Sie sind extrem schön, Samira. Ich habe noch nie mit einer Frau aus dem Nahen Osten gespielt. Es war jedoch immer eine Fantasie."

Samira machte sich nicht die Mühe zu antworten, während der dünne BH um ihren Hals gewickelt war. Wenn sie gekonnt hätte, hätte sie einfach ,Danke' gesagt.

Sie blieb still, als Erika nach unten griff, um jede Brust zu reiben und jede ihrer dunklen Brustwarzen zu zwicken, was Samira einen Schauer über den Rücken jagte, als sie wie ein Spielzeug benutzt wurde.

„Fang jetzt an zu saugen", sagte Erika knapp. "Ein so harter Schwanz sollte niemals warten gelassen werden."

Michael machte den ersten Schritt und trat vor, sodass seine Erektion nur wenige Zentimeter von Samiras Gesicht entfernt war. Normalerweise liebte sie es, Augenkontakt mit ihrem Ehemann herzustellen. Es hat immer ein Gefühl der Intimität zwischen ihnen geschaffen.

Diesmal brachte sie es nicht über sich, jemanden anzusehen. Sie hielt die Augen geschlossen, beugte sich vor und saugte an der Erektion ihres Mannes, genau so, wie er es mochte. Ihre Lippen schlossen sich fest und sie tat ihr Bestes, um ihren Kopf hin und her zu bewegen, sogar mit dem Spitzen-BH, der um ihren Hals geschlungen war.

Sie konnte spüren, wie sich der Schwanz in ihrem Mund versteifte. Es bedeutete, dass sie alles richtig machte und dass ihr Mann diese Erfahrung liebte. Sie konnte auch das erotische Geräusch von Erika hören, die heftiger atmete, während sie über sie wachte.

Was für eine Show das für den Sub gewesen sein muss. Und was für eine Show für die Gäste draußen. Gott, hatte einer von ihnen zugesehen? Oder sonst jemand im Flur?

„Bring ihn den ganzen Weg", sagte Erika mit einem Hauch von Autorität. "Ich möchte dich Deepthroat sehen. Meiner bescheidenen Meinung nach ist ein guter Blowjob ohne ein oder zwei Gags unvollständig."

Deepthroating. Jetzt gibt es etwas, das Samira sorgfältig vermeiden wollte. Sie hatte diesen Akt in Pornografie gesehen und fand ihn immer trashig und klassenlos. Als Frau von Würde vermied sie es um jeden Preis und schätzte die Tatsache, dass ihr Mann nie um so etwas Schmutziges gebeten hatte.

Unter diesen Umständen, mit einer behelfsmäßigen Leine um den Hals, fühlte sie sich gezwungen, dem Befehl Folge zu leisten. Sie kniff die Augen zusammen, damit keine Tränen herauskamen. Und sie hoffte, dass sie keine demütigenden Würgegeräusche von sich geben würde.

Ihr Kopf bewegte sich langsam vorwärts und nahm mehr von dem Schwanz ihres Mannes in ihren Mund und zu ihrer Kehle. Sie fühlte, wie der Schwanz auf ihrer Zunge zuckte und ihre Kehle traf. Ihr Mann liebte es. Was für ein Verrat. Sie nahm ihn noch tiefer, bis er den Eingang ihrer Kehle erreichte. Seltsamerweise war sie stolz auf sich, dass sie es bis zum Ende geschafft hatte. Eine neue sexuelle Errungenschaft.

Ihr Stolz brach zusammen, als das Unvermeidliche passierte; sie würgte. Es war schlampig und böse. Ihre Augen tränten und Speichel tropfte über ihr teures weißes Kleid. Sie machte ein ekelhaftes Geräusch und schämte sich dafür.

„Das reicht", sagte Erika gnädig. „Jetzt will ich sehen, wie du gefickt wirst. Steh auf und drück dein Gesicht gegen das Fenster. Keine Sorge, das Glas ist dafür gemacht, das Körpergewicht einer Frau dagegen zu halten."

Erika zog leicht am BH/der Leine und bedeutete Samira, aufzustehen und zum Fenster zu schauen. Samira gehorchte und sah, dass einige der Gäste tatsächlich die Blowjob-Aktion beobachtet hatten, während sie draußen Champagner schlürften. Der BH/die Leine wurde von ihrem Hals entfernt und von Erika auf den Boden geworfen.

Samira spreizte ihre Beine, als ihr Mann ihre Pobacken und Innenseiten der Oberschenkel auseinander drückte. Sie drückte ihr Gesicht auf das speziell installierte Glas, stützte ihr Körpergewicht darauf und spürte, wie ihr Mann ihren Arsch weiter spreizte, um von hinten an ihre Muschi heranzukommen. Sie war mit dieser Position vertraut und sie bog ihren Rücken, um ihren Hintern zu heben.

„Schau mich an", sagte Erika mit verführerischer Höflichkeit. „Ich möchte deine Augen und dein Gesicht sehen, während du penetriert wirst. Es ist ein kraftvoller Ausdruck."

Samiras Gesicht war bereits Erika zugewandt. Ihre Augen trafen sich. Keiner von ihnen sah weg, als Samiras Muschi von dem harten Schwanz gedehnt wurde. Ihr Mund stieß ein Keuchen aus und ihre Augen weiteten sich.

Ihr Mann ging zur Arbeit und fickte sie von hinten. Ihr Körper schaukelte und ihre Titten schwankten, mit ihren dunklen Nippeln so hart wie immer. Sicher sahen sich noch mehr Gäste des Herrenhauses diese eklatante Exhibitionistenshow an. Aber Samira wagte nicht hinzusehen. Es war viel verlockender, Augenkontakt mit dieser kostbaren Unterwürfigen zu halten, die die Szene kontrollierte.

Erika griff nach unten, um Samiras Muschi zu fingern. "Fuck, du bist so nass."

„Ich weiß", stöhnte Samira zurück, als ihre Muschi gehämmert wurde und ihr Körper hin und her schaukelte.

Es war eine Reizüberflutung, da Samiras Körper auch von Erika gestreichelt wurde; mit einer kleinen weißen Hand, die ihre Muschi reibt und dann nach oben greift, um ihre Brüste zu drücken. Samira stöhnte jedes Mal, wenn sie berührt und gequetscht wurde. Diese weichen Hände taten ihr so gut. Und ihre entzückte Muschi fühlte sich sogar noch besser an.

Das Stöhnen wurde lauter, als Erika ihre Finger auf Samiras Fotze konzentrierte. Dadurch weiteten sich Samiras Augen und ihr Atem wurde mühsamer.

„Ich habe deinen Sweet Spot gefunden", sagte Erika mit aufgeregter Stimme. „Ein Schwanz fickt deine Muschi und meine Finger spielen mit deiner Fotze, während die Leute von draußen zuschauen. Vielleicht bist du nicht so anständig, wie du denkst? Vielleicht bist du im Grunde nur ein ungezogenes Fickspielzeug wie der Rest von uns. Hörst du das gerne, Samira? Entdeckst du gerne, dass du so eine dreckige Frau bist?"

Die Stimme des Subs war leise geworden und voller Lust.

flüsterte Samira. "Ja..."

"Komm jetzt. Ich will es sehen."

Fühlt sich so der Himmel an? fragte sich Samira, als ihr Mann ihre Fotze überwältigte und Erika ihre Klitoris in einer schnellen, kreisenden Bewegung rieb. Sie schloss die Augen und genoss es. Die Gesellschaft sei verdammt. Das war Euphorie.

Samira murmelte etwas Unverständliches, als Flüssigkeiten ihre Beine hinunter und auf den Boden liefen. Ihr Sperma machte auch eine Sauerei auf dem Schwanz ihres Mannes und Erikas beschäftigten Fingern, die während des intensiven Orgasmus unerbittlich blieben. Sie presste ihre Kiefer zusammen und ihr Unterkörper versteifte sich, während sie ejakulierte.

„Ich komme auch", stöhnte Michael.

"Überschwemme ihre Muschi", wies Erika sie an. "Ich kümmere mich um die Reinigung."

Samira spürte, wie ihr Mann ihre Hüften fest zusammendrückte und sie härter schlug. Das war sein Signal für einen bevorstehenden Orgasmus. Rhythmische Schlaggeräusche erfüllten den Raum, als er kraftvoll gegen ihren Hintern stieß. Ihre Muschi fühlte Glückseligkeit.

Ihr Mann stöhnte und kam in sie hinein. Es war ein Gefühl, das Samira immer sehr geschätzt hatte, das Gefühl, ihr Loch mit Sperma zu füllen. Als Michael das letzte Stöhnen von sich gab, zog Erika ihre Finger weg und fiel auf die Knie.

„Verdammt ja", kicherte Erika und tätschelte Michaels Eier. "Wenn Sie mich jetzt entschuldigen würden, ich räume lieber gleich auf... solange alles noch warm und frisch ist."

Samira rührte sich nicht. Sie spürte, wie der Schwanz ihres Mannes aus ihr „ploppte". Die Leere ihres klaffenden, mit Sperma getränkten Lochs wurde durch Erikas Zunge ersetzt. Die Überraschung ihres Lebens. Ihre erste echte lesbische Erfahrung.

Sie schloss ihre Augen und stöhnte, als die talentierte Zunge ihre mit Sperma gefüllte Muschi leckte, untersuchte und schlürfte. Alles wurde runtergeschluckt und geschluckt. Sie genoss das Gefühl, wie die weibliche Zunge tiefer eindrang, gefolgt von Erikas hübschem Mund, der die Säfte verschlang.

Als sich der Mund wegzog, drehte Samira den Kopf und sah, wie Erika den Schwanz ihres Mannes lutschte. Es war ein Ärgernis. Das war nicht vereinbart worden und sie verspürte einen Anflug von Eifersucht. Aber sie musste es bewundern.

Erikas üppige Lippen waren eng um den spermagetränkten Schwanz gewickelt und ihr Kopf bewegte sich schnell und nahm ihn tief ohne einen Hauch eines Würgereflexes auf. Es war wunderschön. Anmutig. Erikas Lippen wirbelten gelegentlich um Michaels Kopf herum, bevor sie sich wieder daran machte, ihre Lippen um den Schaft zu wickeln, um kräftig daran zu saugen. So sollte echtes Schwanzlutschen aussehen.

Erikas Mund ging hin und her, lutschte Michaels Schwanz und leckte Samiras Muschi.

"Wie fühlen Sie sich?" fragte Michael seine Frau.

Samira genoss das Gefühl der Zunge zurück in ihrem Loch. Sie blieb gebeugt, die Arme am Fenster gelehnt. Weitere Gäste sahen sich diese abartige Begegnung beiläufig an, und wer weiß, wer sonst noch in den Flur gespäht hatte. Es kümmerte sie nicht mehr. Tatsächlich war es ein erstaunlicher Turn-on.

„Wie eine neue Frau", war alles, was Samira sagen konnte.

Als ihre Muschi gereinigt war, drehte sich Samira zu ihrem Mann um und bedankte sich bei Erika. Sie hatte angenommen, dass diese unheilige Begegnung vorbei war. Aber als sie sie ansah, sah sie Erika wieder auf ihren Füßen stehen. Sie waren nur Zentimeter voneinander entfernt.

Samira konnte nicht umhin, diese üppigen, vollen Lippen zu bemerken, die Erika hatte. Lippen zum Küssen und Saugen. Diesmal glänzten Erikas volle Lippen jedoch mit frischem Muschisaft und waren mit heißem Sperma überzogen.

Erika leckte sich vor Erregung die Lippen und stand vor Samira, als sie sich in die Augen sahen. Es war offensichtlich, was dieses Mädchen wollte. Warum leugnen?

Sie haben sich geküsst. Samira presste ihre Lippen auf Erikas und ihre Münder öffneten sich. Ihre Zungen rangen und sie teilten im leidenschaftlichen Austausch orgastische Flüssigkeiten miteinander. Ihre Arme umeinander geschlungen und ihre Brüste und harten Nippel zusammengepresst.

Frisches Sperma wechselte in ihre Münder und rollte auf ihren Zungen. Langsam schien die Schuld in Samira längst vergessen. Niemand würde es jemals erfahren. Dies war ein Geheimnis, das immer im Inneren des Sklavenhauses bleiben würde.

CLUB-BDSM

59

Es war heller Tag auf der Park Avenue, dem attraktivsten und beeindruckendsten Viertel von New York City. Wie an den meisten Tagen in der Großstadt ging die Arbeiterklasse zu und von ihren Büros, die Reichen genossen gutes Essen und Touristen schlenderten durch die Nachbarschaft, während sie Fotos machten.

Abgesehen von den Normen der geschäftigen Nachbarschaft stand Erika nackt in einem kahlen Raum im 38. Stock eines Luxuswohnhauses. Sie wurde vor einem Fenster positioniert, das zum Schutz der Privatsphäre von einem dünnen weißen Vorhang verdeckt war.

Ihre Hände waren über ihrem Kopf fest zusammengebunden und an einem schwarzen Seil befestigt, das an einem Haken an der Decke hing.

Eine verzierte schwarze Maske verbarg den oberen Teil ihres Gesichts, betonte aber ihre markante Nase und ihr Kinn. Es erlaubte die Schönheit ihres Gesichts zu zeigen, während sie ihre Identität verbarg. Ihr langes dunkles Haar fiel ihr frei über den Rücken und ihre Lippen wurden von rubinrotem Lippenstift akzentuiert.

Schwarze Seidenstrümpfe mit einer am Rücken verlaufenden Naht bedeckten ihre wohlgeformten Beine. Sie ließen ihre unglaublich langen Glieder noch länger erscheinen. Schwarze Absätze vervollständigten ihre spärliche Kleidung. Ihr Körper war in voller Pracht zu sehen, in seiner ganzen nackten Pracht.

Niemand würde bestreiten, dass sie bezaubernd war. Als seltene Kombination aus Stärke und Weiblichkeit sprach sie Männer und Frauen gleichermaßen an. Während sie an den richtigen Stellen schlank und doch kurvenreich war, projizierte sie ein Bild, dass ihr Körper für harte Ficks gebaut war . Mit 28 Jahren hatte Erika erkannt, dass es ihr großen Spaß machte, von anderen sexuell benutzt zu werden, und genau das erwartete sie heute.

Nicht einmal ihre engsten Freunde wussten von dem verdorbenen Geheimnis, das sie bewahrte. Ihr unterwürfiges Verlangen und ihr Verlangen, zum Vergnügen anderer benutzt zu werden, könnten für sie schwer zu verstehen sein.

Schließlich ließ sie an diesem geheimen Ort der Versammlung Profis die Kontrolle übernehmen. Es war eine elegante Umgebung, in der gleichgesinnte Menschen einer bestimmten Klasse ihren sehr unanständigen Wünschen frönen konnten. Die Masken waren Ermessenssache. Aber für Erika war es ein absolutes Muss; niemand konnte wissen, dass sie sich so skandalös behandeln ließ. Sie war eine hochkarätige Anwältin, um Gottes willen.

Die Regeln waren einfach. Geheimhaltung war sakrosankt. Sauberkeit war nicht verhandelbar. Respekt war notwendig. Dies war eine exklusive Angelegenheit und jeder kam entsprechend gekleidet.

Als Erika gefesselt und maskiert dastand, beobachtete sie, wie sich die Auktionatorin neben sie stellte. Die Auktionatorin trug einen absichtlich aufschlussreichen Anzug, ein Dekolleté und alles, zusammen mit einer goldenen Maske, um auch ihre Identität zu verbergen. Sie war eine große Frau mit einer gebieterischen Aura, was sie perfekt für den Job machte.

In einer seltsamen Wendung der Ereignisse hatte sich Erika auf Wunsch des Auktionators, der unglaublicherweise auch eine Anwältin namens Lea war, diesen tabuisierten Versammlungen angeschlossen. Sie hatten sich während eines langwierigen Verfahrens Anwälten widersetzt. Als der Fall beendet war, bat Lea Erika um einen Drink.

»Du weißt etwas«, hatte sie an einem privaten Tisch zu Erika gesagt, während sie beide zusammengesunken, angeschlagen und erschöpft von dem zermürbenden Fall waren. „Frauen wie wir sind eine seltene Rasse. Wir arbeiten uns den Arsch ab. Wir sind schlau. Anspruchsvoll. Hingebungsvoll. Und wir beide mögen es, auf eine bestimmte Art und Weise gefickt zu werden. Ich konnte sagen, was für eine Frau du bist, als ich dich das erste Mal sah."

Erika spuckte fast ihr Getränk aus. Verströmte sie wirklich irgendeine Art von sexueller Stimmung? Wie konnte diese Frau darauf schließen, dass Erika die rauen Sachen mochte?

Die meiste Zeit in Erikas Erwachsenenleben war Sex nichts als Vanille gewesen. Der übliche Schliff war erforderlich, um Orgasmen des Mindeststandards zu erreichen. In den letzten Jahren hatte sie jedoch ein paar ungezogene Anfragen an ihre Partner gestellt, um die Dinge aufzupeppen. Hartes Ficken. Leichtes Ersticken. Etwas Spanking. Aber am wichtigsten war, dass sie darum gebeten hatte, als sexuelles Spielzeug behandelt zu werden, im Gegensatz zu einem romantischen Partner. Nur wenn diese Bedingungen erfüllt waren, konnte Erika weltbewegende Orgasmen erreichen.

Hatte einer ihrer Ex-Freunde ihre abweichenden Wünsche verbreitet? Oder war Lea eine Sexpertin der Extraklasse? fragte sich Erika, als sie starrte, mit einem Reh im Scheinwerferlicht.

„Ich gehöre so einer Art Club an. Es ist für Männer und Frauen, die es genießen, die Grenzen des unkonventionellen Sex zu überschreiten. Denk darüber nach. Es ist ein sehr exklusives Netzwerk und wir könnten neue Mitglieder wie dich gebrauchen. Keine Sorge, niemand wird es tun jemals wissen. Es gibt einen formellen Vertrag, der eine Vertraulichkeitsklausel enthält. Wir sind alle durch Verzichtserklärungen und Vereinbarungen zur Geheimhaltung verpflichtet. Nicht wenige Mitglieder sind Anwälte. Wenn Sie immer noch Bedenken hinsichtlich des Datenschutzes haben, können wir Ihnen eine maßgefertigte Maske von anbieten Venedig. Einige unserer geschätzten weiblichen Mitglieder tragen sie. Es entspannt sie, während sie die dunkleren Seiten ihrer Sexualität erkunden."

Erika war sprachlos und ihre Wangen wurden knallrot. Lea hatte diesen Blick schon oft gesehen. Unerschrocken ging sie voran und verbreitete Informationen, die Erikas Höschen sofort nass machten.

Nach einem Dialog, der darauf abzielte, Erikas plötzliche Hyperventilation zu beruhigen, setzte Lea ihren Vortrag fort. „Perverses Zeug. Seile. Peitschen. Gruppeneinstellungen. Dominanz. Unterwerfung."

"Wie BDSM?" fragte Erika.

Lea lächelte. „Es ist ein BDSM-Club. Eigentlich nehme ich auf ganz einzigartige Weise teil. Wie möchten Sie verkauft werden? Wenn Sie damit einverstanden sind, sorge ich dafür, dass Sie zum interessantesten Bieter gehen."

Ihr geheimes Gespräch ging weiter, bis Lea Erika eine Karte mit einer Telefonnummer hinüberschob . Damit stand sie auf, bezahlte die Rechnung, grinste Erika an, drehte sich um und ging. Sie war zuversichtlich, dass ein Anruf bevorstehen würde. Dieses schicksalhafte Treffen war der Beginn von Erikas gesegneter sexueller Emanzipation gewesen.

Nach mehreren Tagen intensiver Überlegung tätigte sie den Anruf und dachte, sie habe nichts zu verlieren. Schließlich, dachte Erika, wem sollte Lea es erzählen? Sie waren beide Karrierefrauen und hatten in Bezug auf ihren Ruf und potenzielle Kunden viel zu verlieren.

Zu diesem Zeitpunkt begann ihr Unterricht ; Arsch, Muschi, Mund. Sie war in allen Künsten diszipliniert. Ihr Körper wurde darauf trainiert, erotische Stellungen über lange Zeiträume einzunehmen. Alle ihre Lustpunkte wurden gefunden; Stärken und Schwächen ermittelt. Es dauerte nicht lange, bis Lea Erika als Bondage-Unhold und Schmerzschlampe eingestuft hatte. Das war die richtige Diagnose für diesen unerfahrenen Taucher.

Natürlich hatte Lea ihre Rolle als sexuelle Mentorin von Erika sehr genossen. Als Verantwortliche für das Trainingsprogramm war Erika besonders versiert darin, Vergnügen genau nach Leas Vorgaben zu bereiten. Sie hatten viele vergnügliche Abende mit Erikas Gesicht verbracht, das in die Muschi und das Arschloch ihres fleischlichen Trainers gepflanzt war. Am Ende eines strengen Gerichtstages war das Treffen wegen der illegalen Aktivitäten ein willkommenes Vergnügen. Ihr gemeinsamer Enthusiasmus und ihre Arbeitsmoral machten sie besonders gut geeignet , um in ihren jeweiligen Rollen sowohl zu geben als auch zu nehmen.

Das war damals.

Nun nahmen die Gäste im Saal Platz. Es müssen mindestens 15 Personen anwesend gewesen sein, was der Standard zu sein schien. Erika konnte nicht genau zählen, da sie mit dem Gesicht zur Vorderwand eingesperrt war. Vom Ende des Flurs hörte sie weitere Leute im Rest der Wohnung herumlaufen (mindestens weitere 15).

Es war wahr, was sie darüber sagen, dass andere Sinne geschärft werden, wenn einer behindert wird. Die Geräusche von Schritten und von Menschen, die sich auf den gepolsterten Stühlen mit hoher Rückenlehne niederließen, waren deutlich zu hören. Bald hörte sie leises Geflüster über ihre Schönheit. Schließlich wandten sich die Gespräche dahin, wie sich die Gäste vorstellten, sie zu ihrer Befriedigung zu benutzen.

Die starke Kombination aus gefesselt zu sein und nicht zu wissen, was passieren würde, ließ Erikas Muschi vor Erwartung feucht werden. Säfte sammelten sich an den Spitzen ihrer Schenkel, da sie keine Schamhaare hatte, um sie in ihrem Intimbereich zu halten.

Der Auktionator schlug mit einem Hammer auf das Podium. "Meine Damen und Herren, bevor wir beginnen, möchte ich mich persönlich bei Ihnen allen für Ihr Kommen bedanken. Wir haben heute eine wunderbare Aufstellung von Männern und Frauen. Wir sind sicher, dass Sie die Freuden genießen werden, die wir auf Lager haben."

Sie verzichtete zu Beginn der Veranstaltung auf die üblichen Formalitäten. Ihre Worte waren professionell und mit der Durchsetzungskraft gesprochen, die von einem guten Anwalt verlangt wird. Ihre Darbietung hatte jedoch auch eine verführerische und verspielte Qualität. Das kleine Publikum applaudierte, als die Verhandlungen offiziell begannen.

Der Auktionator fuhr fort: „Zunächst beginnen wir mit Erika, dieser umwerfenden Schönheit, die neben mir steht. Offiziell ist sie eine berufstätige Fachfrau, die auf ihrem Gebiet hoch angesehen ist. Inoffiziell wird sie vor Ihnen allen als Fickspielzeug benutzt.“

Erika konnte ihre Erregung und den unwillkürlichen Krampf ihrer Muschi nicht zurückhalten.

„Ich weiß, dass viele hier einen Fetisch für berufstätige Frauen haben. Glauben Sie mir, wenn ich Ihnen sage, dass Erika Gehirne hat, die ihrem unglaublichen Körperbau entsprechen. Wer von Ihnen möchte sie besitzen? Wer möchte diese hochgebildete Frau dazu bringen, sich Ihrem zu unterwerfen? sexuelle Launen?"

Obwohl Erika nicht zusehen konnte, hörte sie zustimmendes Gemurmel. Der Auktionator jedoch bemerkte das Nicken, das Lecken der Lippen und das Schärfen der Blicke. Lust lag in der Luft und Erika war in aller Munde.

"Zuerst beginnen wir mit einer Präsentation ihrer Beine."

Der Auktionator verließ das Podium mit einem Lederpaddel in der Hand, als sie sich Erika näherte. Dann rieb sie mit der Paddelspitze über Erikas schwarze Strümpfe. Erika tat ihr Bestes, um trotz ihrer eigenen Aufregung ruhig zu bleiben.

„Diese Beine sind lang und makellos", sagte der Auktionator. "Ohne Absätze steht sie bei 5'8". Sie ist Läuferin und hat schon einige Marathons für wohltätige Zwecke absolviert. Denken Sie nur daran, wie gut es sich anfühlen würde, mit Ihren Fingern, Lippen, Fotzen oder Schwänzen über diese Beine zu streichen."

Erika wurde feuchter, als sich das Paddel nach oben bewegte und gegen ihren Arsch geschlagen wurde.

„Ich weiß, dass viele von Ihnen es genießen, einem reifen Arsch einen ordentlichen Schlag zu verpassen. Erikas Hintern ist perfekt rund und üppig; ihre zarte Haut kann lange Paddelattacken vertragen .

Das Paddel wurde flach gegen Erikas linke Pobacke gedrückt und dann vom Auktionator zurückgezogen. Ein donnerndes Klatschen ertönte, als wieder Kontakt zwischen dem Paddel und ihrem Hintern hergestellt wurde. Es hallte laut durch den Raum und ließ Erika trotz ihrer Bemühungen, still zu bleiben, zusammenzucken.

Ein weiterer Schlag wurde ausgeführt. Dann ein anderer. Und ein anderer. Jeder Schlag war härter als der letzte. Beide Wangen empfanden das brennende Gefühl, das mit Spanking verbunden ist, gleichermaßen.

Als die Tracht Prügel beendet war, war die weiße Haut gerötet und strahlte Hitze aus.

„Meine Damen und Herren, das ist nur ein Teaser", lächelte die Auktionatorin hinter ihrer eigenen Maske. „Nun zu ihrem Anus."

Arschficken war etwas, an das sich Erika erst gewöhnt hatte, seit sie dieser geheimen BDSM-Gruppe beigetreten war. Obwohl sie groß war und stark gebaut schien, war ihr Anus zart und winzig. Nur die anwesenden Experten konnten große Schwänze in ihr verbotenes Loch stecken. Es erforderte Kontrolle und Geduld.

Weiche, feminine Hände berührten Erikas Hintern und drückten ihre Wangen auseinander, um ihr kleines braunes Loch der Gruppe zu entblößen. Sie fühlte sich völlig entblößt und verletzlich, als Luft über ihren Anus strömte. Seltsamerweise konnte sie auch die hungrigen Augen des Raumes spüren, die ihn in all seiner Pracht anstarrten.

"Wie Sie alle sehen können, ist ihr Loch kaum da, winzig und bettelnd darum, gedehnt zu werden. Jemandes glücklicher Schwanz könnte heute darin Nirvana finden."

Für den gewagten Teil der Präsentation legte der Auktionator das Paddel hin, hielt Erika an den Hüften und drehte sie herum, damit sie das kleine Publikum ansah.

Erika sah die Menge durch ihre Maske. Es war die typische Gruppe; eine gleichmäßige Verteilung von Männern und Frauen. Alle waren auf lässig-elegante Weise elegant gekleidet. Ihre Gesichter zeigten den gleichen Ausdruck des Verlangens, da sie alle hofften, auf besondere Weise davonzukommen. Der Anblick von Erikas Brüsten und Muschi schien die Anwesenden zu hypnotisieren, als sie in Sichtweite kamen.

Erikas Brustwarzen wurden steinhart.

Der Auktionator griff erneut nach dem Paddel und drückte es fest an Erikas Schamlippen, was übrigens auch Druck auf die Klitoris ausübte.

"Ich kann ehrlich sagen, dass ich das Vergnügen hatte, zu schmecken, was zwischen diesen Beinen ist. Meine Damen und Herren , egal, ob Sie ihre Muschi ficken oder sie essen wollen, Sie werden eine echte Freude haben."

Erika spürte, wie sich das Paddel zu ihren runden Brüsten bewegte und ihre hellbraunen Brustwarzen umkreiste. Das Paddel schlug sanft gegen die Unterseite jeder Titte und ließ ihre Brüste vor der anbetenden Menge wackeln.

„Und sieh dir nur diese Titten an", sagte der Auktionator erfreut. „Kann jemand von euch glauben, dass sie echt sind? Und sie sind sehr echt, das kann ich Ihnen versichern."

Erika stöhnte, als der Auktionator sich bückte, um ihre linke Titte grob zu drücken, und sanft auf die Brustwarze biss. Der Auktionator saugte kurz an der Brustwarze, bevor er sie losließ.

Schließlich bewegte sich das Paddel zu Erikas Lippen.

„Zu guter Letzt ihr Mund. Perfekt zum Küssen. Perfekt zum Saugen. Perfekt zum Putzen. Habe ich schon erwähnt, dass sie es liebt, Sperma zu essen? Sowohl Männer als auch Frauen ."

Weitere zustimmende Nicken kamen von der Menge.

"Abschließend, das hier ist eine Schmerzschlampe", fasste der Auktionator zusammen. "Sie hat eine hohe Toleranz und sehnt sich nach deinem Besten."

Erika bemerkte sofort die Reaktion des Publikums, die von Keuchen bis Grinsen reichte.

Der Auktionator stand wieder hinter dem Podest und nahm Gebote entgegen. Wer auch immer die versautesten Sexakte vorschlug, die auf die provokativste (aber vernünftige) Art und Weise ausgeführt wurden, würde die Ausschreibung gewinnen. Die Angebote trafen ein, eines verlockender als das andere.

Endlich hörte Erika die magischen Worte, die ihren ganzen Körper in Aufruhr versetzten. Ihre Brustwarzen spannten sich und ihre Fotze begann eifrig zu zittern.

"Verkauft!" sagte der Auktionator laut und schlug mit dem Hammer auf das Podium. „Wir haben ein Unentschieden. An die Gäste Nr. 3 und Nr. 7. Sie können jetzt Ihren Preis abholen, um ihn unter Ihnen beiden aufzuteilen."

Die Gewinner hatten ihre Absichten im Vorfeld deutlich gemacht:

Mann Nr. 3 trug keine Maske. Erika erkannte ihn aus dem Gesellschaftsteil der Zeitung. Dieser bekannte Philanthrop hatte geschworen, Erikas Arsch mit einem guten Spanking zu zähmen. Präzision wurde versprochen; ein Lederpeitsche war sein bevorzugtes Werkzeug. Dann würde er ihr Arschloch mit seinem riesigen Schwanz besitzen. Es wurde versichert, dass er ein Experte für Arschficken und das Zähmen temperamentvoller Frauen sei.

Frau Nr. 7 hatte reiche, dunkle Haut. Es wäre Erikas erste Erfahrung mit einer schwarzen Frau. Ihre vollen, üppigen Lippen sahen aus, als würden sie es genießen, erotische Unterhaltung zu geben und zu empfangen. Sie war auch ohne Maske. Als angesehene Expertin für Brustspiele kannte sie alle Tipps und Tricks der Nippelfolter. Indem sie genau die richtige Kombination aus Kneifen und Drehen verwendete, konnte sie Reize verabreichen, die süßes Leiden verursachten, ohne bleibende Schäden zu hinterlassen. Und als Lesbe wusste sie, wie man am besten eine gute Muschi leckt.

Erika hatte noch nie sexuelle Lust mit einer schwarzen Frau geteilt, und die Vorstellung erregte sie sehr.

Diese beiden Dominanten wurden vom Auktionator aufgrund ihres kollaborativen Potenzials ausgewählt. Während Erika in dieser prekären Position gefesselt war, würden beide gleichzeitig für das U-Boot sorgen; eine von vorne und eine von hinten. Es würde dem kleinen Publikum eine denkwürdige Show bieten.

Erikas ganzer Körper zitterte, als sich die Gewinner der Vorderseite des Raums näherten. Sie war schon einmal vor einer kleinen Gruppe eingesetzt worden; der Exhibitionismus verstärkte nur ihre eventuelle Freilassung. Dies war das erste Mal, dass sie von zwei Personen benutzt wurde, die gemeinsam an verschiedenen Seiten ihres Körpers arbeiteten. Es war ihr schmutziger Traum, der wahr wurde.

Die schwarze Frau nahm als erste Kontakt auf und rieb mit ihren dunklen Fingerspitzen über Erikas milchweiße Haut. Erika blickte nach unten und wurde durch den Farbkontrast erregt, besonders als die Finger über jede hellbraune Brustwarze rieben.

„Du fühlst dich angespannt", sagte Frau Nr. 7. „Erstes Mal mit einer schwarzen Frau? Ich mag es, die Erste zu sein. Es ist eine Ehre, deine erste schwarze Domme zu sein . Mach dir keine Sorgen, Baby, du wirst es genießen."

Erika antwortete nicht. Das hat sie nie getan. Ihre Stimme zu verbergen, gehörte dazu, anonym zu bleiben. Sie sah diese mächtige Frau einfach durch ihre Maske an und hoffte, dass sie nicht erkannt würde.

Ihre Augen trafen sich intensiv und für einen Moment fragte sich Erika, ob diese dominante schwarze Frau sie von irgendwo her erkannt hatte. Vielleicht eine öffentliche Werbung für ihre juristischen Dienstleistungen?

Als Mann Nr. 3 eine Lederpeitsche aufhob, richtete Erika ihre Aufmerksamkeit auf ihn. Er machte Übungsbewegungen, die choreographiert aussahen. Sie war sich ziemlich sicher, dass er der Experte war, für den er sich ausgab. Der Ausdruck boshafter Freude auf seinem Gesicht ließ Erika glauben, dass die Auspeitschung weh tun würde. Mit ihren über dem Kopf gefesselten Händen war Erikas Körper völlig verwundbar.

„Ich habe dich im Auge behalten", sagte Mann Nr. 3. „Seit ich dich vor Wochen zum ersten Mal gesehen habe, wollte ich dich auf die schmutzigste Art benutzen. Mal sehen, ob dein Arsch das Warten wert war. Zuerst drehe ich dich zur Seite, damit jeder sehen kann, wie ich schlage und plündere dein süßes kleines Arschloch."

Erika ließ sich drehen, sodass die drei Teilnehmer in einer Reihe standen. Als Erikas Augen sich auf die schöne Frau vor ihr konzentrierten, spürte sie sanfte Schläge von der Peitsche gegen ihren

Arsch. Als die Ohrfeigen heftiger wurden, lächelte die Frau vor ihr entzückt über die teuflische Disziplin.

Bald knackte die Peitsche hart gegen ihren Arsch, was dazu führte, dass Erikas Körper sich versteifte und von der brennenden Glückseligkeit, die sie hinterließ, zuckte. Erika stöhnte und gab abgehacktes Grunzen von sich, das sie zu unterdrücken versuchte.

Frau Nr. 7 steckte zwei ihrer dunklen Finger in die Vertiefungen von Erikas Mund, als würde sie ihren Würgereflex testen. "Tut sehr weh? Magst du diese Art von Schmerz, Sub?"

Erika nickte nur, während ihr Hintern noch ausgepeitscht wurde.

„Braves Mädchen. Ich habe genau das Richtige für deine köstlichen Nippel.

Die Menge starrte ehrfürchtig, als der Mann Erika weiter den Arsch auspeitschte und die schwarze Frau sich vorbeugte, um sie auf den Mund zu küssen. Die vollen, prallen Lippen waren ein Genuss für Erika. Es war alles, was ein guter Kuss sein sollte, besonders wenn ihre Zungen miteinander tanzten. Die Peitsche knackte Erikas Arsch schmerzhaft und sie stöhnte verzweifelt in den Mund der schwarzen Frau. Als Erika besorgt die Augen öffnete, konnte sie sehen, wie die Frau zurückspähte und ihre Reaktion abschätzte.

Erika war sich sicher, dass die Frau es genoss, jemanden zu küssen, der vor Schmerzen von einer heftigen Auspeitschung stöhnte. Die Frau schien von den schmerzerfüllten Lautäußerungen von Erika zunehmend erregt zu werden. Hinter ihr hörte sie den Mann zufrieden murmeln, während er ihren Hintern weiter rötete. Sie war sich sicher, dass er bereits einen massiven Steifen hatte.

Zwischen den beiden sexuell aufgeladenen Wesen fühlte sich Erika wie ein Kanal für abweichende erotische Energie. Die Wirkung auf sie war enorm. Zusätzlich zu der überwältigenden Verzückung , die sie von dem Schmerz erntete, fühlte sie sich äußerst unterwürfig, weil sie wusste, dass die beiden Dominanten darauf ankamen.

Das Auspeitschen hörte auf, was nur eines bedeuten konnte. Obwohl ihre Lippen immer noch in einem lustvollen Kuss verschlossen waren, hörte sie das Geräusch einer sich öffnenden Flasche und das Drücken eines Gleitmittels. Der Mann gab ihr mit seiner bloßen Hand einen kräftigen Klaps auf den Arsch, sodass Erikas ganzer Körper zusammenzuckte. Er markierte aggressiv sein Territorium, bevor das Ficken begann.

Dann spürte Erika das vertraute Gefühl, dass ihre Wangen auseinander gezogen wurden und ihr Arschloch freigelegt wurde. Sofort war das Gefühl eines harten, mit Gleitgel bedeckten Schwanzes von ihrer braunen Fältchen zu spüren, als sie sich zum Eindringen anstellte.

„Ich genieße es, eine Frau auf diese Weise in den Arsch zu ficken", sagte Mann Nr. 3 und streichelte Erikas Rippen, beginnend an ihrer Taille und bewegte sich nach oben zu ihren zurückgehaltenen Armen. "Es ist, als wärst du ein wunderschönes, fickbares Stück Fleisch. Ich werde es schön und grob machen, genau so, wie du es magst."

Seine starke, beruhigende Stimme machte Erika noch mehr erregt, als er nach unten griff und die Spitze seines eingeschmierten Schwanzes in ihr winziges, gut trainiertes Arschloch schob. Erika versuchte, sich von dem Kuss zu lösen, aber die Frau packte sie an den Seiten des Kopfes und wollte sie nicht loslassen.

Als der Schwanz fachmännisch in die kleine Öffnung ihres Arsches eingeführt wurde, atmete Erika schwer durch ihre Nase. Ihre Augen weiteten sich, während sie auf den brennenden Schmerz wartete, den sie erwartete. Es kam früh genug, und Erika kreischte als Antwort.

Erika war eingeklemmt zwischen dem Griff, den er um ihre Hüften hatte, und den Fängen der schwarzen Frau, deren Zunge weiterhin ihren Mund bohrte; Sie hatte keine andere Wahl, als den Vorschuss in ihren Arsch zu nehmen, ohne sich zu bewegen, um sich zu trösten. Es gab keine Pause. Der Mann kannte sich gut mit Winkeln und Haltepunkten aus. Er fuhr hinein, bis seine Eier an ihrem Hintern ruhten. Die Wildheit seines Angriffs war eine süße Folter. Es gab keinen Zweifel, dass ihr Arsch gerade gehört worden war.

Erikas Augen weiteten sich, als sie tief Luft holte. Anstatt zu stöhnen, keuchte sie, als hätte sie Hunger nach Luft. Die schwarze Frau schien von diesem Analangriff begeistert zu sein.

„Ich bin dran", sagte Frau Nr. 7. „Baby, weiße Brüste wie deine sind mir am liebsten. Sie sehen an meinen Händen so milchig und cremig aus. Sie betteln darum, verletzt zu werden, und das ist meine Spezialität."

Erika sah nach unten und stimmte zu; Die ebenholzfarbenen Finger von Frau Nr. 7 bildeten einen ziemlichen Kontrast zu ihren eigenen lilienweißen Brüsten. Zuerst war die Berührung sanft und liebevoll. Dann führte die schwarze Frau ihre berühmte Nippelfolterroutine durch und kehrte mit ihrer Zunge zurück, um Erikas schlaffen Mund zu füllen.

Diese Schokoladenfinger drückten die Unterseite von Erikas Vanillebrüsten zusammen und kneten sie dann wie rohen Teig. Es tat weh, war aber nichts im Vergleich zu dem Schmerz, als ihr kleines Arschloch so brutal von dem Mann gefickt wurde. Dann kniffen die dunklen Finger jede von Erikas braunen Brustwarzen. Nun, das war eher vergleichbar mit dem stechenden Schmerz in ihrem Arsch. Zwei ihrer Lustpunkte wurden jetzt geschändet. Sie war dankbar, dass niemand gleichzeitig ihre Muschi quälte.

Die Frau fuhr fort, die empfindlichen Noppen so stark zu drehen, dass Erikas Gesicht vor exquisitem Elend verzog. Für einen Moment vergaß sie fast, dass ihr Arschloch verwüstet wurde. Fast... Das Geräusch der Schenkel des Mannes, die gegen ihren Hintern schlugen, lenkte ihre Aufmerksamkeit wieder auf ihren Hintern. Erika erreichte, was sie für ihre Schmerzgrenze hielt. Sie unterbrach den leidenschaftlichen Kuss, warf den Kopf zurück und heulte.

„Ich weiß, es tut weh", flüsterte die schwarze Frau, während sie ein bisschen mehr drückte. "Aber es wird sich so, so gut anfühlen."

Für ihr Leben konnte Erika nicht verstehen, wie sich der Schmerz in ihren Brustwarzen jemals gut anfühlen konnte. Aber als ihre

Brustwarzen freigegeben wurden, bückte sich die schwarze Frau und saugte liebevoll an jeder von Erikas Titten, was ihr ein anzügliches Gefühl über den Rücken jagte. Dieses Vergnügen, kombiniert mit dem freudigen Angriff auf ihren sodomisierten Arsch, trieb Erika an den Rand ihrer sexuellen Vernunft. Die Zunge der schwarzen Frau war so beruhigend wie diese vollen Lippen, und sie arbeiteten zusammen, um den Schmerz in den Brustwarzen zu lindern.

Aber die Freude an ihren Brüsten hielt nicht lange an, als die schwarze Frau grausam ihren Mund entfernte. Noch einmal drehte sie diese mit Speichel bedeckten Brustwarzen und quälte Erika weiter, während ihr Arsch ordentlich gepflügt wurde.

„Ich werde es dir nicht so angenehm machen", lächelte Frau #7. „Ich möchte, dass du ausgeglichen bist. Ein verworrenes Yin und Yang. Er bekommt den Rücken und ich die Vorderseite. Du musst nur dastehen und es wie ein guter Sub hinnehmen."

#3 nahm das zur Kenntnis, legte seine Hände zum Halt auf Erikas Schultern und ging richtig auf ihr Arschloch los. Sie knirschte mit den Zähnen und gab quietschende Geräusche von sich, was sie vor dem bewundernden Publikum gründlich in Verlegenheit brachte.

Der riesige Schwanz, der in ihr winziges Loch hinein und wieder heraus geschoben wurde, machte sie so unsicher, dass sie kaum stehen konnte. Als Erikas Knie schwächer wurden, begann sie zusammenzubrechen, was mehr Gewicht auf ihre gefesselten Handgelenke legte. Das Strecken und Ziehen an ihren Schultern wurde kaum von ihrem Gehirn registriert, das sich abmühte, mit den extremen Empfindungen auf den gegenüberliegenden Ebenen ihres Körpers fertig zu werden.

„Sie bricht", sagte Frau Nr. 7 und leckte sich die Lippen, während sie weiterhin Erikas Brustwarzen verfolgte. "Es ist Zeit, dass wir sie erledigen."

Mann Nr. 3 blieb unerbittlich in Erikas Arschloch und grunzte: "Ich möchte, dass sie kommt, wenn ich komme."

Die Anweisung an den anderen Dominanten war klar. Die schwarze Frau ließ die zarten Brustwarzen los, saugte zur Erleichterung schnell daran und ließ sich dann vor Erikas gespreizter Muschi auf die Knie fallen.

Als ihr Arschloch von dem großen Schwanz vergewaltigt und ihre Muschi von einer Göttin geleckt wurde, wurde Erika von widersprüchlichen Empfindungen überwältigt. Der ununterbrochene Blitz auf ihrem Arsch wurde durch das zärtliche Saugen an ihrem Kitzler ausgeglichen. Gelegentlich benutzte die schwarze Frau ihre Zähne, um sanft in Erikas geschwollene Klitoris zu beißen, was sie vor Inbrunst aufschreien ließ. Aber die schwarze Frau machte es wieder wett, indem sie danach langsam und liebevoll daran leckte. Infolgedessen wurde Erika wiederholt an den Rand des Orgasmus gedrängt, aber ihre Freilassung wurde verweigert. Sie fühlte sich wie ein Vulkan, der gleich ausbrechen würde.

Mit der schwarzen Frau auf den Knien konnte Erika die Intensität, mit der das Publikum den Dreier anstarrte, voll und ganz genießen. Jeder Gast dieser BDSM-Veranstaltung wirkte völlig verzaubert von dem Anblick, wie Erika an den Rand einer sexuellen Explosion getrieben wurde. Sie wurde besessen und war offensichtlich durch ihre sexuelle Knechtschaft erregt. Hinter dieser Maske war ihre Identität sicher. Sie erlaubte sich, loszulassen und in die abartigsten Freuden einzutauchen.

Sie brach ihre eigene Schweigeregel und wimmerte schließlich die Worte "Oh Gott", als ihr Arsch heftig gefickt und ihre Muschi fachmännisch geleckt wurde.

Ihre Worte fügten nur Öl ins Feuer und brachten Mann Nr. 3 dazu, ihre Schultern so fest zusammenzupressen, dass sicherlich blaue Flecken zurückbleiben würden. So schwer es auch zu glauben war, Erika wurde klar, dass er sich zurückgehalten hatte. Sein Stoßen wurde hektisch und sie war sich sicher, dass er bald seinen Samen in ihren Arsch entleeren würde.

„Ich habe eine schöne große Ladung für dich", grunzte der Mann.

Getreu seinem Wort knurrte er ihr weiter ins Ohr, stoppte aber seinen Angriff. Erika spürte, wie ihr inneres Rektum mit mehreren großen Spermaschüben überzogen wurde. Innerhalb weniger Augenblicke wurde der Schwanz schlaff und wurde aus ihrem Arschloch zurückgezogen. Erikas Arsch klaffte nun, da er plötzlich leer war. Sofort sehnte sie sich nach der Rückkehr seines harten Schwanzes in ihre privateste Passage.

"Vermisst du mich schon?" er flüsterte. "Du bist ein toller Fick mit einem engen Arsch. Die Vorfreude lohnt sich."

Er tätschelte ihren Hintern und Erika spürte, wie Sperma aus ihrem Arschloch tropfte. Sie war überrascht zu fühlen, wie seine Finger über ihr gelockertes Loch strichen und in den cremigen Ausfluss eintauchten. Als die mit Sperma überzogenen Finger in ihren Mund eingeführt wurden, war sie noch schockierter. Nach kurzem Zögern saugte Erika seine Finger sauber. Sie schwelgte in der Verderbtheit des Augenblicks, bevor sie von der Zunge der schwarzen Frau an ihrer Muschi aus ihrer Betäubung gerissen wurde.

Erika blickte in diese wilden braunen Augen. Die leidenschaftliche Schwarze leckte und saugte tief an Erikas Kitzler. Mann Nr. 3 stand hinter Erika und streichelte ihren unteren Rücken und Hintern, in der Hoffnung, Erika in den Mund der Frau kommen zu sehen.

„Das ist es", sagte der Mann zu Erika. „Schäme dich nicht, ihr in den Mund zu kommen. Sie genießt es zufällig, weiße Frauen zu trinken. Du hast dir diesen Höhepunkt verdient, Schlampe."

Erikas Herz klopfte und sie flüsterte „Oh Scheiße" zu sich selbst.

Als die schwarze Frau ihre Zunge über Erikas Kitzler spülte, kam der Orgasmus schließlich in epischem Ausmaß. Die Kraft, die in ihrem Körper entfesselt worden war, ließ die Luft in ihren Lungen platzen. Dieser Orgasmus wirkte sich nicht nur auf die Muskeln in ihrem Beckenboden aus; Ihr ganzer Körper verkrampfte sich und zog sich von der Explosion zusammen. Sie war kaum in der Lage, sich auf ihren jetzt gummiartigen Beinen abzustützen. Ihr ganzes Körpergewicht hing an ihren Handgelenken, fest über ihrem Kopf gebunden. Folglich wurden ihre Schultern auf eine extreme Weise gezogen, die unter normalen Umständen möglicherweise schmerzhaft gewesen wäre.

Es war ihr egal. Das Unbehagen in ihren Armen war vorübergehend. Dieser Orgasmus war etwas, an das sie sich für immer erinnern würde.

Erika spritzte der Schwarzen in den Mund. Es war ein Höhepunkt all der köstlichen Qualen, die sie in ihren Nippeln und ihrem Arschloch erlebt hatte. Sie war wirklich eine Schmerzschlampe. Es war wahr; jeder im Raum konnte dies nun bestätigen.

Dann blieb sie schlaff. Während sie versuchte, ihre Atmung wieder unter Kontrolle zu bekommen, versuchte sie, auf eigenen Beinen zu stehen. Die schwarze Frau lächelte, wissend, dass die Arbeit erledigt war. Der Mann half ihr, sie zu stützen, bis sie sich selbst stützen konnte.

„Genau wie angekündigt", sagte der Auktionator zum Publikum, als Erika ausgegeben war. "Genau wie angekündigt. Gut gemacht."

Das Publikum applaudierte, als Erika nach Luft rang. Die beiden Dominanten tätschelten ihr sanft Schulter und Hintern. Sie flüsterten ihr Dinge zu, die sie nicht verarbeiten konnte. Die Nachwirkungen fühlten sich wie eine Unschärfe an.

Zwei junge Mitarbeiterinnen näherten sich. Sie trugen sexy schlanke Masken und waren spärlich in schwarze Spitzenkleider gekleidet. Erika wurde von ihrer Position befreit, als sie das Seil über ihrem Kopf lösten. Dann wurden ihre Handgelenke gelöst.

Sperma tropfte über Erikas Arschloch und ihre eigenen Flüssigkeiten tropften aus ihrer Muschi. Erika hielt ihren Kopf hoch, als die Angestellten sie sanft an jedem Arm nahmen und sie den Flur hinunterführten. Das Publikum applaudierte begeistert, als sie den Walk of Fame betrat. Jeder fand an diesem Tag, was er wollte. Erika war sich jedoch sicher, dass ihre eigene Zufriedenheit am größten war.

Erika wurde in ein privates Schlafzimmer gebracht, wo die Angestellten einen Stapel nasser Handtücher benutzten, um jeden Zentimeter ihres Körpers zu schrubben und zu reinigen. Eine der Frauen benutzte sogar eine Spritzflasche, um ihr Arschloch von innen zu reinigen. Der ganze Vorgang dauerte mehrere Minuten.

Die Mitarbeiter entfernten vorsichtig ihre Maske. Der gleiche Vorgang wurde mit ihrem Gesicht wiederholt. Überschüssiger Lippenstift wurde weggewischt und ihr Haar zu einem professionellen Dutt zusammengebunden. Ihr Anzug wurde aus dem Schrank geholt, als sie nackt dastand.

Der Auktionator betrat das Schlafzimmer und entfernte die goldene Maske. Ihr Gesichtsausdruck war neugierig.

"Wie fühlen Sie sich?" fragte Lea.

„Mein Arschloch wird die nächsten Tage wund sein", erwiderte Erika trocken. "Und meine Brustwarzen fühlen sich an, als wären sie durch einen Stromschlag getötet worden."

"Und?"

Während Lea auf die Antwort auf die suggestive Frage wartete, erlaubte Erika den Mitarbeitern, sie anzuziehen ; Sie zog ihren BH und ihr Höschen an, Strümpfe, dann ihren maßgeschneiderten Anzug und machte sie wieder zu einer professionellen Frau.

Erika lächelte, "Ich habe mich noch nie so lebendig gefühlt. So fühle ich mich, wenn du wirklich die Wahrheit willst."

„Das dachte ich mir", zwinkerte Lea. "Sind wir noch zum Abendessen?"

"Sie wetten."

Als Erika ihren Anzug zurechtrückte, warf Lea einen Kuss zu und setzte die goldene Maske noch einmal auf. Sie kehrte zu ihren Aufgaben bei der Auktion zurück. Unterdessen bedankte sich Erika bei den Mitarbeitern, zog ihre High Heels an und ging ins Büro.

ENDE